Essência

Sinta essa nova realidade!

Texto de acordo com a nova reforma ortográfica

Andréa Andrade

Essência

Sinta essa nova realidade!

Coleção
NOVOS TALENTOS DA LITERATURA BRASILEIRA

novo século®

São Paulo 2009

PRODUÇÃO EDITORIAL: Equipe Novo Século
EDITORAÇÃO ELETRÔNICA: Fama Editora
CAPA: Diego Fioroto
PREPARAÇÃO DE TEXTO: Renata Del Nero
REVISÃO: Cristiane Mezzari

Dados Internacionais de Catalogação na Publicação (CIP)
(Câmara Brasileira do Livro, SP, Brasil)

Andrade, Andréa
Essência : sinta essa nova realidade! / Andréa Andrade.
— Osasco, SP : Novo Século Editora, 2009. — (Coleção novos talentos da literatura brasileira)

1. Romance brasileiro I. Título. II. Série.

09-04010 CDD-869.93

Índices para catálogo sistemático:
1. Romances : Literatura brasileira 869.93

2009

Novo Século Editora Ltda.
Rua Aurora Soares Barbosa, 405 – 2° andar
Osasco – SP – CEP 06023-010
Tel. (11) 3699-7107
www.novoseculo.com.br
atendimento@novoseculo.com.br

Para você
uma nova realidade que só pode ser encontrada em suas emoções.

Agradecimentos

Agradeço a minha mãe, Regina Maria, e a minha madrinha, Magali, que sempre estiveram presentes durante o desenvolvimento deste livro, com suas valiosas críticas e sugestões.

Agradeço também a Helen, por sempre me mostrar onde encontrar inspiração.

Prólogo

Somos o guia de nosso destino. Mas para tal precisamos estar sempre alerta a tudo o que nos cerca. Torna-se então necessário estar consciente de nossas emoções, de nossa verdadeira essência. Estando em sintonia com a essência, estaremos conectados a uma realidade além do que os olhos podem enxergar, um verdadeiro coquetel de sensações. Sinta antes das sensações o atingirem, esteja preparado para recebê-las de modo que estas não o perturbem, mesmo que venham carregadas de energias não muito agradáveis.

Capítulo 1

Dubai, nos Emirados Árabes, já estava preparada para sediar a Conferência Mundial de Sincronicidade e Espiritualidade. A polícia local disponibilizou mais de dez mil homens para manter a segurança durante a semana do evento.

O acontecimento mais esperado da década prometia abordar assuntos nunca falados antes. A Cúpula da Sagrada Sabedoria também estaria presente, o que ocasionou um tumulto nas proximidades do hotel Grand Hyatt Dubai, onde aconteceria a conferência.

Uma escolta de quatro carros e seis motos se aproximava do hotel a fim de confundir a multidão que aguardava ansiosamente pela chegada das seis belas mulheres que compunham a Cúpula da Sabedoria Sagrada. Não imaginavam que elas já haviam desembarcado no heliporto do hotel. Desceram acompanhadas de Zeng, mais dois seguranças e seguiram para o centro de convenções onde dariam uma coletiva.

As seis mulheres, que foram apelidadas pela imprensa de deusas, assentaram-se ao redor da mesa no palco, enquanto Zeng, o fiel escudeiro, conversava com a imprensa, pois seria o intermediário entre os repórteres e elas.

Todos estavam ansiosos por essa coletiva. Seria a segunda da Cúpula, desde que inauguraram o Templo das Mulheres em Angkor, no Camboja, e conseguiram o direito da Unesco de reformá-lo transformando-o no maior local de estudos voltados à sincronicidade e espiritualidade do mundo.

Desde a inauguração, a mídia não conseguiu ter acesso às informações da Cúpula. Era uma raridade vê-las reunidas, por isso que a conferência em Dubai se tornou algo tão esperado nos últimos cinco anos.

Zeng posicionou-se atrás do microfone e iniciou a coletiva. Um repórter da BBC de Londres, de aparência jovial e elegante, foi o primeiro a perguntar:

— Sabemos que a Cúpula da Sabedoria Sagrada para ser completa, como diz o pergaminho, precisa que mais duas mulheres se juntem a vocês. Sabem dizer a identidade dessas duas mulheres que faltam?

— De acordo com a Teoria Elle, essas duas mulheres serão apresentadas na hora certa. Não sabemos quem serão. Mas sentimos que nosso encontro com elas está muito próximo — respondeu Bárbara.

Uma repórter que estava do lado esquerdo da sala de convenção levantou a mão, chamando a atenção de Angella, que por sua vez pediu para que Zeng deixasse que ela perguntasse. Uma mulher de aparência fechada, com o rosto marcado, porém muito bonito, perguntou:

— Esse evento foi aguardado como nenhum outro antes, e isso tudo por causa de vocês, que contribuem exaustivamente para que as pessoas possam aprender a entender a vida de uma maneira nunca mostrada. No que se baseia essa nova forma de viver?

— Em estar preparado para entender os significados que o Universo nos envia em forma de sinais. Descobrimos que as coincidências significativas se mostram presentes em nosso dia a dia, precisamos estar em sintonia com essa energia para que a sincronicidade faça parte de nossa vida e direcione o melhor caminho a seguir — respondeu Angella.

A mesma repórter parecia ter mais perguntas a fazer. Mas Zeng a cortou, passando a vez para outro. Angella, percebendo que a repórter ainda desejava fazer mais perguntas, interveio dizendo que ela poderia continuar.

A repórter, que usava um *blazer* azul-marinho com a logomarca da CNN, disse:

— A senhora parece sentir que necessito lhe perguntar algo mais. Mas receio que esta pergunta possa assustar a Cúpula. Por isso quero saber antes se posso perguntar.

Elas se entreolharam tentando com isso saber o que a repórter poderia perguntar. Como sempre, tentaram sentir a energia emanada da repórter e, em seguida, Angella respondeu:

— Por favor, prossiga.

O salão de convenção ficou num clima de suspense, na expectativa do que a repórter da CNN poderia perguntar de tão assustador. O interessante foi que ela se tornou o foco das atenções dos outros colegas que viraram suas câmeras em sua direção.

— Para ser sincera não tenho perguntas a fazer, somente uma revelação.

Os sussurros se fizeram presentes por todo o salão. Zeng tentava manter a ordem e o silêncio. Mas não adiantava. A repórter Kate West, da CNN, disse num rompante que ela era uma das duas mulheres que faltavam para completar a Cúpula da Sabedoria Sagrada.

Capítulo 2

Zeng não conseguia manter a ordem no imenso salão. Se a repórter da CNN tinha o intuito de causar polêmica, conseguiu. Os repórteres a perguntavam como podia ter certeza de que era uma das duas mulheres que faltavam na Cúpula.

Sem saber o que dizer, a repórter informou que só responderia essa pergunta mediante uma audiência exclusiva com as outras integrantes.

Como de hábito, as seis mulheres entreolharam-se, enquanto a imprensa esperava ansiosamente por uma resposta. Angella tirou o microfone da gola, e disse para suas companheiras:

— Acho que devemos ouvir o que esta repórter tem a nos falar. Minha intuição diz que precisamos escutá-la.

— Estranho, porque também tenho essa mesma sensação — retrucou Bárbara, olhando para a repórter.

— De uma coisa temos certeza, ela é uma pessoa que emana boas energias, como podemos ver em sua aura — continuou Elizabeth.

— Então estão todas de acordo? — perguntou Catherine.

Assentiram confirmando a pergunta. Angella sinalizou para que Zeng fosse em sua direção.

— Zeng, por favor, avise a repórter de forma discreta que iremos recebê-la hoje às 21h em nossa suíte e pronuncie a todos que damos por encerrada a coletiva.

Os repórteres ficaram afoitos em saber qual seria a resposta da Cúpula Sagrada. O tumulto foi generalizado. Eles tentavam se sobressair buscando falar cada vez mais alto. A polícia, que já se encontrava nos arredores do hotel, teve de interferir. A imprensa, que aguardava uma resposta, teve de se retirar do salão antes mesmo de Zeng avisar que a coletiva tinha sido encerrada.

Para segurança da Cúpula Sagrada, a polícia retirou todos os repórteres do salão. Revoltados com o que tinha acontecido, eles pediam para marcar outro dia para a coletiva. Mas Zeng foi enfático, dizendo:

— Tiveram uma chance preciosa e a desperdiçaram.

Capítulo 3

Depois de sua última missão, em que o alvo era o famoso Frederico Venerari, mais ou menos há cinco anos, Kamilah não conseguia mais se engajar na vida que antes lhe dava tanto prazer. Algo havia mudado em seu interior, a adrenalina que antes sentia correr em suas veias, nas arriscadas missões, não passava de uma página virada que ela precisava esquecer. Não entendia como pôde ter um ofício tão violento e perigoso.

Com 32 anos de idade, não sabia o que esperar da vida. Perdera todos esses anos fazendo algo que hoje tinha vergonha de admitir. Seguindo o conselho de sua tia Cordélia, passou a morar em um mosteiro no Himalaia, onde conheceu o mestre Nassum Dharma.

Há dois anos no mosteiro, Kamilah começou a entender o carma de cada pessoa. Suas dúvidas sobre o porquê de algumas não sofrerem tanto quanto outras foram supridas com as longas conversas que tinha com o mestre.

Nassum sabia que Kamilah seria uma das duas mulheres que faltavam para fechar a Cúpula Sagrada e, por isso, era necessário instruí-la espiritualmente. A Sabedoria Sagrada já fazia parte da essência de Kamilah, só que ela ainda não havia despertado sua consciência para esse potencial. Esse sentimento que a invadiu sobre o porquê de ter escolhido uma vida tão perigosa, e todas as outras dúvidas que carregava aos poucos, foram-se dissipando com os ensinamentos do mestre e de Sigur Noir.

Kamilah não era a única presença feminina no mosteiro, outras mulheres também passavam por lá procurando por uma instrução espiritual. Ela se identificou muito com uma delas, Myang. O mestre dizia que quando acontece uma simpatia imediata por alguém com quem nunca trocamos uma palavra é porque houve o reencontro de almas que já se encontraram em outras vidas.

Nassum Dharma sabia que a amizade entre Kamilah e Myang foi uma obra do destino. As duas eram as que faltavam na Cúpula Sagrada. O Universo se organizou de modo tão mágico que nem mesmo as integrantes sabiam que as mulheres que faltavam encontravam-se juntas num mesmo aprendizado espiritual.

A providência divina foi tão perfeita que o não conhecimento sobre as duas se fazia necessário para que nada pudesse interromper o processo de crescimento espiritual de cada uma.

Capítulo 4

A suíte que fora reservada para a Cúpula da Sabedoria Sagrada tinha o necessário para meditação e energização da essência humana. Muitos incensos e luminárias adornadas com velas forneciam a luz necessária, deixando o ambiente propício para a elevação espiritual. Elas diziam que se as pessoas soubessem o poder do uso de incensos, saberiam que o aroma tem o dom de levar os sentidos para um lugar em que o inconsciente, despertado pela fragrância, pode chegar ao êxtase existencial.

Discutindo sobre a coletiva e aguardando a chegada da repórter, Bárbara disse que, assim como Angella, também simpatizou com a repórter, enfatizando que os olhos da mulher se mostravam mais expressivos que suas próprias palavras.

— É verdade, esse foi o motivo que nos levou a recebê-la — replicou Angella.

— Os olhos não mentem jamais. Mesmo que digamos o que não sentimos, seremos castigadas, pois os olhos refletem o que nossa alma clama — continuou Anna.

— Ela me pareceu uma mulher triste e muito ansiosa. Sua aura reflete preocupação. Espero que possamos de alguma maneira ajudá-la — frisou Elizabeth.

— Vocês acham que ela pode ser uma das mulheres que faltam? — questionou Zeng.

— Não — respondeu Catherine.

— Se fosse uma delas, nunca usaria esse artifício para chamar nossa atenção — informou Natasha.

— E como pode ter certeza disso? — replicou Zeng.

— Simples, elas não precisariam dizer quem seriam, pois já saberíamos só de olhar.

Na verdade Zeng tinha suas suspeitas quanto a uma das mulheres que faltavam. Enquanto ouvia o que diziam, seus pensamentos voltaram para o dia em que Myang o procurou. Ele soube que ela faria parte da Cúpula Sagrada. Mas se manteve em silêncio porque não poderia interferir nos desígnios do destino. Como o mestre lhe disse, "deixe que o tempo diga quando for chegada a hora".

O telefone tocou interrompendo a conversa e os pensamentos de Zeng:

— Alô! — respondeu ele.

— Desculpe-me por incomodá-lo. Mas aconteceu algo que você precisa ver — disse o recepcionista.

— O que houve? — perguntou Zeng.

— A repórter da CNN sofreu um acidente...

— Acidente? Como? — interrompeu Zeng, aflito.

— Foi atropelada! Acabou de noticiar no jornal.

Zeng desligou telefone atordoado sem saber como dar a notícia.

— O que houve? — perguntou Angella.

— A repórter...

— O que tem ela?

— Foi atropelada!

— O quê? — reagiu Natasha, não acreditando.

— Isso mesmo, o recepcionista ligou para nos avisar — respondeu ele.

— Zeng, procure saber em que hospital ela está — disse Angella.

— Mas, Angella, se sairmos chamaremos a atenção da mídia, e você sabe a confusão que será. Acho melhor Zeng ir — ponderou Natasha.

— É verdade, não podemos sair assim. Zeng, vá e descubra como tudo aconteceu — concluiu Bárbara.

Capítulo 5

O anoitecer no Tibet era uma das maravilhas de se estar entre as cordilheiras do Himalaia. O ar fresco da noite trazia consigo um aroma de tranquilidade. Kamilah apreciava o céu estrelado da varanda. Sua tia Cordélia tinha razão em dizer que quem conhece o Himalaia volta com uma visão do mundo além do que os olhos podem enxergar. Ela aprendera muito desde que chegou ao mosteiro. O mestre lhe ensinou tudo sobre a língua falada no Nepal, o nepali, e o significado da palavra Himalaia (hima = neve + laya = montanha).

Mas foi Sigur Noir que a deixou encantada. Um dos assuntos que aprendera com ele foi o poder dos aromas e da música no mundo. Respirando profundamente, Kamilah deixou que seus pensamentos a levassem para o dia em que assistiu à primeira aula de Sigur. Ele explicava que a preocupação humana é tão ilógica que o desenvolvimento das civilizações foi paralisado pela incompetência ao se tratar de assuntos espirituais. Um corpo que é carne e espírito vive mais para o material do que para sua essência, ocasionando desequilíbrio, e tornando os homens mais ligados à terra do que ao mundo espiritual. Com isso, a ganância aliou-se àqueles que sempre desejam ter mais. Isso demanda grande fluxo de energia negativa que vai aumentando à medida que fazemos algo pensando somente no quanto iremos ganhar materialmente.

Dizia também que a música existia para estabelecer a ligação entre a vida e a pós-vida. Pós-vida foi o termo escolhido por ele com o intuito de acabar com a terminologia negativista da palavra morte, que só de ser pronunciada emanava energias nada agradáveis. Sigur explicava que por meio do gosto musical das pessoas dava para saber qual era sua ligação com o lado espiritual.

O porquê de a música ter-se tornado indispensável no mundo tinha uma explicação muito simples: assim como os aromas, as canções também nos levam para lugares onde nosso espírito se sente confortável e em casa. Não temos lar aqui na Terra, é por isso que quando ouvimos ou sentimos cheiro de algo que nos conforta estabelecemos uma ligação imediata com a dimensão da qual fazemos parte. Somos meros passageiros aprendendo e ensinando. Temos missões ou carmas a serem cumpridos, e são eles os responsáveis pela resposta do destino.

Sigur era formado em Parapsicologia pela Universidade de Viena e em Lógica da Fé pela Universidade de Varsóvia. Era o mais novo monge do mosteiro. Considerado uma das mentes brilhantes do século XXI, Sigur, homem de 36 anos, de aparência marcante, com cabelos lisos e negros, olhos levemente puxados, com sobrancelhas grossas, transmitia uma beleza tão singular que só de estar perto dele as pessoas diziam sentir uma paz nunca sentida antes. Seus traços finos mostravam a perfeição em sua face. Kamilah se lembrava do mestre dizendo que sua beleza não estava ao alcance dos meros mortais. Muitos diziam que ele tinha o masculino e o feminino na medida certa, o que o tornava com uma aparência andrógina. Sigur trazia consigo esse carma, para mostrar que o mais importante era ser capaz de conviver no equilíbrio divino de sua dualidade.

Ainda absorta em seus pensamentos, sentiu uma mão tocar levemente seu ombro. Virou-se para ver quem era e logo se despertou para o presente dando de cara com Sigur.

— Interrompo? — perguntou ele, sorrindo.

— Não, só me trouxe ao presente de novo — respondeu ela, sorrindo de volta.

— Você sabia que os devaneios podem ser considerados uma pós-morte?

— O que você quer dizer com isso?

— Quando pensamos em algo que nos leva para longe é como se estivéssemos em coma, nosso corpo fica presente, porém a mente segue em busca do que a alma no momento procura sentir.

— É verdade! Às vezes esqueço de que estou vivendo esta vida. Não é estranho?

— Não para quem concebe a ideia de que estamos numa jornada espiritual buscando no sofrimento, corrigir os erros cometidos em outras vidas.

— Minha visão sobre o que é a vida tomou uma proporção tão plena que me sinto culpada em ter descoberto isso tão tarde.

— O que é isso, Kamilah, não se culpe por não ter descoberto algo que ainda não estava preparada para entender. Nosso conhecimento se harmoniza com o que estamos dispostos a aprender. Sabe, Kamilah, se as pessoas prestassem mais atenção nas coisas simples da vida entenderiam como um sorriso mudaria o mundo.

— Eu me pergunto por que nós, seres humanos, temos a tendência de dificultar as coisas. Por que simplesmente não conseguimos viver na paz? Por isso ainda estamos num processo de evolução espiritual. A paz para os espíritos inquietos é como uma linda sinfonia aos ouvidos de uma pessoa que só ouve rock.

Apreciando a bela noite, Sigur e Kamilah seguiram pelas largas varandas do mosteiro quando depararam com Myang olhando fixamente para o horizonte, e esta com os olhos cheios de lágrimas disse:

— Eles a acharam. Preciso ir ao encontro dela antes que seja tarde demais.

Capítulo 6

Zeng entrou pela porta principal do hospital, seguiu para o segundo andar em busca de informações sobre a repórter da CNN.

O andar estava praticamente ermo, alguns médicos e enfermeiras passavam pelos corredores. Zeng parou um deles:

— Queria saber sobre a repórter Kate West da CNN que deu entrada neste hospital.

— O senhor é da família da paciente? — perguntou a enfermeira.

— Não, sou um conhecido.

— Sinto muito, senhor, só podemos dar informações para pessoas da família.

— Mas...

— Desculpe-me. São regras do hospital.

Não querendo parecer insistente, Zeng seguiu de volta ao elevador quando ouviu uma conversa:

— Nunca vimos nada parecido.

— E como transcorreu a cirurgia?

— Pensei que fosse demorar por causa da profundidade atingida...

— Ela sobreviverá?

— Sim, está na UTI apenas por precaução...

Zeng voltou e seguiu as placas indicativas a procura da UTI. Virou à esquerda e logo a frente viu a placa da UTI. Chegou em frente ao vidro e pode confirmar a presença de Kate West em um dos leitos. Ligada em vários aparelhos ela parecia estar bem, apesar das faixas que cobriam todo o tronco, do pescoço ao abdômen.

Zeng assentou-se esperando ter alguma resposta sobre o estado da repórter. Avistou um médico que vinha olhando uns papéis na mão e o questionou:

— Boa noite! O senhor poderia me dizer qual o estado dela? — perguntou Zeng apontando para Kate West.

— O quadro é estável, apesar de ter sofrido um grande trauma na região torácica.

— Então ela não corre risco de morte?

— Não. O que é um milagre, pois o estado em que chegou aqui era de deixar qualquer um assustado. Não acreditávamos que alguém poderia sobreviver a um acidente daquela proporção.

— Até quando ela ficará na UTI?

— Tudo dependerá de como seu organismo reagirá aos medicamentos. Mas se tudo correr bem, mais uns três dias.

— Muito obrigado pelas informações. Estava preocupado...

— Será que o senhor poderia assinar esses papéis?

— Que papéis?

— Estava esperando que alguém da família aparecesse. Mas como ninguém apareceu, o senhor, como amigo, poderia dar uma olhada no laudo, pois precisamos de uma autorização para...

Zeng pegou o laudo e começou a ler. O médico ficou a seu lado esperando uma resposta.

— Doutor...

— Dr. Kazin.

— Não sei o que dizer. Acho melhor esperar alguém da família para decidir. É um problema muito delicado.

— Eu sei. Mas pensei que o senhor pudesse conhecer o pai da criança.

Capítulo 7

Bárbara não conseguia se livrar dos pensamentos negativos. Tentava fixar sua mente em algo que lhe trouxesse sensações agradáveis. Mas nada adiantava, uma angústia a consumia de tal modo que seus olhos se encheram de lágrimas, mostrando que algo de ruim estaria por vir.

Geralmente esse sentimento assolava todas da Cúpula da Sabedoria Sagrada, pois estas aprenderam a viver em uma mesma sintonia ou frequência, o que as ajudava e muito a trabalhar o sincronismo e a espiritualidade de maneira completa e efetiva. Mas às vezes atrapalhava por estarem dividindo um mesmo sentimento.

Olhando pela janela da suíte, Bárbara procurava respirar profundamente, buscando com isso diminuir a melancolia. O vento frio da noite acalentava seus anseios. Mas não conseguia diminuir sua inquietude. Elizabeth chegou à varanda e, colocando a mão sobre o ombro de Bárbara, disse:

— Assustei-lhe?

— Um pouco. Estava pensando.

— Pensando na repórter?

— Sim! Depois do que aconteceu com ela, algo aqui dentro não me deixa tranquila.

— Então estamos todas sentindo a mesma coisa. Lembra-se do que o mestre nos disse certa vez?

— O quê?

— Não somos imunes a pensamentos negativos somente por pensarmos em coisas agradáveis. Às vezes, o que pensam sobre nós desencadeia uma energia tão forte que a atmosfera se torna pesada e, com isso, sensações estranhas tomam conta de nossa mente e de nosso corpo.

— Ela deve estar tentando se comunicar conosco de alguma maneira, então, como não está em condições, sua alma utiliza meios que somente o inconsciente consegue chegar sem esforço nenhum.

O toque do telefone na sala foi tão estridente que interrompeu a conversa. Anna, que estava perto, atendeu e ouviu:

— Por favor, não deixem que a criança morra!

— Quem está falando?

— Por favor, não deixe... Alô? Não, não deixe...

Anna desligou o telefone de modo tão assustador que chamou atenção.

— O que houve, Anna?

— Uma mulher aflita, parecia estar chorando e pedia para não deixarmos a criança morrer.

Capítulo 8

Assentados nas largas almofadas indianas da sala-mestre de meditação, Sigur e Kamilah conversavam com Myang, que ainda estava muito abalada emocionalmente.

— Myang, nos diga o que está acontecendo — pediu Kamilah.

Myang contou que, desde pequena, tinha um dom que só veio saber o que significava quando se tornou adulta. Ela tinha o poder de curar determinadas pessoas com a imposição das mãos. Mas não era somente a cura que fazia parte de seu dom. Às vezes, quando iniciava o processo de energização, conseguia ver o futuro da pessoa que era curada.

Na última vez em que foi chamada para salvar a vida de uma jovem que estava agonizando, em consequência a um aborto natural, teve uma visão: viu que a mulher sofreria um atentado e que estaria novamente entre a vida e a morte. Mas o que mais assustou Myang foi que o bebê, o qual estava esperando, irradiava uma luz como nunca vira antes.

— Então quer dizer que a criança que você disse a pouco ter nascido é esse bebê?

— Sim, preciso fazer algo!

— Myang, você contou para os familiares da mãe a visão que teve na época em que foi fazer a energização?

— Não, Kamilah! Tive receio do que eles poderiam achar e também não sabia se o que eu vi aconteceria, pois foi a primeira vez que isso me ocorreu.

— E como pode ter certeza de que a criança nasceu?

— Porque enquanto meditava a visão veio novamente, só que agora via a criança nascendo. O estranho é que parecia que eu estava lá, como se eu pudesse tocá-la ao esticar a mão.

— O que sentiu ao ter novamente a visão?

— Uma angústia tão forte que não pude me conter em lágrimas. Essa criança precisa de ajuda.

Sigur, que sempre foi um aficionado estudioso da Teoria Elle, sabia que o pergaminho tinha muito mais a revelar, e o que estava acontecendo com Myang era mais uma de suas reveladoras previsões. A Teoria Elle, além de descrever uma mulher de aparência oriental que teria o poder de curar certas pessoas, anunciava também a chegada de uma criança do sexo feminino, com o poder de vagar pelo passado, pelo presente e pelo futuro como se o tempo não existisse. A energia emanada dessa criança conseguiria abrir portais dimensionais entre a realidade vivida e a realidade sentida.

Capítulo 9

Bárbara saiu sem que ninguém percebesse. Sentiu uma vontade incontrolável de ir para a rua, sem destino. Observando as paisagens de dentro do carro, tinha consciência de que algo a atraía, não sabia bem o que era. Mas precisava descobrir.

Seguindo pelas largas avenidas, deixava que sua intuição a guiasse. Seus pensamentos se misturavam num carrossel de imagens que passavam em sua mente e das que estavam diante de seus olhos. Dubai durante a noite tinha o poder de hipnotizar as pessoas que não estivessem preparadas para tanto deslumbramento. Conhecida como a Babilônia do século XXI, era impossível não se deixar encantar por essa cidade.

O motorista parou em frente a guarita que dava para a entrada do único hotel sete estrelas do mundo, o Burj Al Arab. Durante a noite, sua iluminação muito peculiar dava à paisagem um espetáculo único. O hotel, construído com a forma de uma vela, destoava dentre as demais arquiteturas antigas e futurísticas da cidade.

Bárbara desceu do carro, o vento frio fez com que colocasse uma echarpe em volta do pescoço. Seus cabelos acompanhavam o dançar da brisa que trazia um odor diferente. Parou por um instante, sua respiração estava inquieta, ela sabia que quando seu coração tentava acompanhar o ritmo de seus pensamentos era sinal de que algo estaria para acontecer. Andando pela calçada, cenas de outra vida passavam como *slides* em sua mente, o real e o imaginário brigavam por sua atenção.

Lembrou-se de quando o mestre Nassum lhe disse: "Alguns lugares podem despertar um desencadeamento de *déjà-vus*. Não se impressione se isso acontecer, apenas sinta a imortalidade da alma diante de seus olhos".

A energia de Dubai era algo que sempre fascinou a Cúpula Sagrada. Foi justamente por isso que a cidade tornou-se sede dos encontros sobre Sincronicidade e Espiritualidade.

A cidade à noite era como as outras grandes metrópoles, muito agitada, casais beijando-se nos bancos das calçadas, jovens passeando com seus cachorros, carros passando de uma lado para outro em busca de um destino, porém o que diferenciava essa cidade das outras era seu poder de transportar algumas pessoas para uma dimensão psíquica. Era como se pudéssemos nos transportar para uma vida paralela. Em seu último artigo para a revista *Psi. Co*, Bárbara exemplificou esse fenômeno como se o cérebro se dividisse em duas vidas, o presente e o agora em outro local.

A sensação de paralelismo de dimensões podia causar muito desconforto e confusão para quem não dominasse o limiar da mente. Algumas pessoas costumam sentir uma ausência, é como se o corpo estivesse presente. Mas a mente está em outra dimensão. Enfatizou que poucas pessoas conseguiam vivenciar esse paralelismo, pois a mente precisaria ser trabalhada de forma correta para que os episódios já presenciados não fossem vistos somente como meras imagens sem importância sincronística. Mas, sim, como evidências significativas para o crescimento intelectoespiritual.

A energia de Dubai, para quem conseguisse dominá-la, poderia ser comparada ao combustível para os automóveis: quanto mais se tem, mais longe se vai.

Caminhando sem destino, seguindo o que seus desejos lhe pediam, Bárbara sentiu uma angústia repentina. Novamente foi tomada por uma torrente de *déjà-vus*, e sem que pudesse coordenar as imagens viu-se fora de seu equilíbrio vibracional, o que há muito tempo não acontecia, e seguiu para o meio fio, quando se desequilibrou e caiu na avenida.

Um menino que passava por ela com um *scooter* gritou:

— Cuidado!

Mas era tarde demais, um carro a atingiu.

Capítulo 10

Um mal-estar se fixou nas suítes da Cúpula Sagrada. A sensação de estarem sendo atacadas por algo com muita velocidade fez com que caíssem num desespero terrível. As dores e angústias as invadiram não deixando espaço para pensar no que poderia estar acontecendo.

Elizabeth tentava se mexer. Mas não conseguia, era como se algo tivesse paralisado suas articulações. Todas a sua volta pareciam estar com os mesmos sintomas. Ninguém conseguia sequer mexer um dedo. O torpor era o que mais afligia. Natasha era a única que conseguia mexer a cabeça. Elas sabiam que algo de sério havia acontecido. Mas não sabiam o quê. Até que Angella, com muita dificuldade, conseguiu balbuciar:

— Onde está Bárbara?

A pergunta de Angella foi como uma luz clareando o que estava confuso. Bárbara não estava ali, e o que elas sentiam servia como um aviso do que poderia ter acontecido a ela.

Quando algo de sério acontecia com uma das integrantes da Cúpula da Sabedoria Sagrada, era necessário colocar a mente em um nível elevado, atingindo, assim, um estado de inconsciência, liberando o corpo do sofrimento. Assumindo o controle novamente da mente, era possível restabelecer a harmonia física.

As cinco mulheres entraram num profundo transe e atingiram a inconsciência, liberando energias necessárias para sanarem o sofrimento físico. A mentalização de uma energia dourada foi preciso tanto para elas quanto para Bárbara, para amenizar o sofrimento de todas. Ficaram nesse estado de hipnose por mais de uma hora e, quando voltaram a si, ouviram o telefone tocar ininterruptamente.

— Angella, é Zeng, Bárbara foi atropelada e está sendo operada neste exato momento!

Zeng havia apenas confirmado o que elas sentiram. Procuraram não se abater para que as energias não se desarmonizassem e prejudicasse o estado da amiga. Era preciso que todas tivessem um mesmo foco energético: a cura de Bárbara.

Capítulo 11

A Cúpula seguiu direto para o hospital, onde, por coincidência, estavam Bárbara e Kate West, a repórter da CNN.

Como método mais seguro, optaram por ir de helicóptero. Desceram no heliporto do hospital e seguiram direto para o andar onde Bárbara estava.

Avistaram Zeng no fim do corredor sentado em uma poltrona.

— Zeng, alguma notícia? — perguntou Elizabeth.

— Ainda não. Começaram a cirurgia há pouco.

— Como aconteceu esse acidente? — perguntou Catherine.

— Um menino disse que ela perdeu o equilíbrio na calçada, caiu na avenida e um carro a atropelou.

Enquanto Zeng relatava os detalhes do acidente, um senhor de cabelo grisalho e aparência aflita chegou perto e perguntou:

— Por gentileza, vocês são parentes da vítima Bárbara Allonso Villard?

— Somos amigos, por quê?

— Meu nome é Ariel, fui eu quem a atropelou. Gostaria de saber como ela está?

— No momento está passando por uma cirurgia na coluna — informou Anna.

— Mas ela corre risco de morte?

— A cirurgia é delicada, e não descartam a possibilidade do risco — respondeu Natasha.

— Ela caiu bem na hora em que eu estava passando de carro, não deu para frear. Quero dizer que sinto muito. Estou aqui para ajudar — falou tristemente Ariel.

Depois de se acalmar e saber notícias sobre sua vítima, Ariel caiu em si e viu que estava diante da Cúpula da Sabedoria Sagrada. Pensou consigo mesmo que quando a colocou no carro sabia que a conhecia de algum lugar.

Capítulo 12

Kamilah e Myang, a cada dia que passava, tornavam-se mais amigas. Descobriram que tinham muito em comum, e isso fazia com que passassem mais tempo juntas. Sigur sempre de olho nas duas, sorria consigo mesmo, confirmando o que já revelava a Teoria Elle: almas afins de um jeito ou de outro acabam encontrando-se para um mesmo propósito.

Aproximou-se das duas, e as convidou para um passeio. Atravessaram o pátio interno do mosteiro, de onde era possível avistar a cordilheira do Himalaia, o que enriquecia ainda mais a paisagem. O cheiro de relva molhada misturava-se com os odores que os incensários emanavam. Como ele próprio dizia: "O ópio da vida é a própria vida".

Seguiram ainda por entre os caminhos de pedra, que davam num altar todo feito de quartzo rosa, que todos chamavam de Emana. Assentaram-se nos bancos, de frente para a magnífica estátua da deusa Tara.

A devoção de Sigur pela deusa demonstrava seu fascínio pelo Buda em sua forma feminina. Terminada a oração, Sigur se voltou para Kamilah e Myang, explicando um pouco sobre a história da deusa:

— Tara, em sânscrito, significa estrela. É a deusa mais importante do budismo tibetano. Considerada como Tara Verde, deusa salvadora e compassiva, e Tara Branca, identificada com a pureza e a verdade, a deusa é cultuada em 21 aspectos. Venerada como a mãe de todos os bodhisattvas, os aspirantes à iluminação, é representada com o terceiro olho no meio da testa, símbolo de seu conhecimento supremo.

Sigur foi até o altar, pegou duas cópias de um manuscrito sobre a deusa, e os entregou para Kamilah e Myang.

— Esses manuscritos explicam detalhadamente os principais aspectos de Tara e de seus oito medos internos e externos.

Medos Internos	Medos Externos
1. Apego 2. Raiva 3. Ignorância 4. Ciúmes 5. Orgulho 6. Avareza 7. Visões errôneas 8. Dúvidas	1. Inundações 2. Fogo 3. Elefantes 4. Serpentes 5. Leões 6. Aprisionamentos/correntes 7. Ladrões 8. Fantasmas

As duas amigas sentaram-se com Sigur nas almofadas espalhadas pelo jardim, próximo ao altar Emana.

Sigur acendeu alguns incensos em tabletes, colocando-os nos incensários pendurados nos imensos galhos do ipê roxo, o que era de se estranhar, pois a região do Tibet, por ser muito seca, tinha poucas plantações. Mas a população local dizia que o Mosteiro Emana conseguia liberar uma energia tão boa que até os lugares onde sequer nasciam ervas daninhas hoje davam espaço para um show de nuances que podiam ser conferidas nos jardins do mosteiro, onde foram plantados vários tipos de ipês, acácias, begônias, rosas, girassóis, tulipas e os famosos lírios verdes.

Sigur, antes de iniciar o ritual para a deusa, recitou o seguinte mantra: "Om Tare Tutare Ture Soha".

Explicou que as palavras desse mantra designam Tara como deusa intrépida, que elimina todos nossos medos e receios, invocando a fortuna.

Elas haviam entrado numa etapa de desenvolvimento espiritual que Sigur denominava como o descobrimento do eu. Para que esta autodescoberta pudesse ter êxito, era essencial se livrar de medos, receios, anseios, desapegar-se do que atrasa o espírito e concentrar-se somente no que alimenta a alma. É uma tarefa um tanto árdua, requer um grau de meditação e reflexão muito elevado, e nada melhor que iniciar esse processo no altar Emana.

Capítulo 13

Mais de cinco horas já se tinham passado desde o início da cirurgia. Elizabeth andava de um lado para outro, procurando com isso encontrar equilíbrio. Mesmo fazendo parte da Cúpula da Sabedoria Sagrada, ainda se perdia diante de emoções inesperadas. Talvez essa preocupação fosse devida ao fato de ela saber que Bárbara havia sido sua irmã em outra vida; são os chamados laços eternos que não deixam que esqueçamos pessoas importantes em nossas várias vidas. Quando ocorre o reencontro, todas as emoções vividas voltam à tona como se nunca tivessem adormecido.

Ariel, que havia buscado café na lanchonete do hospital, mostrou-se um cavalheiro e uma pessoa bastante sensata. Tinha aparência de bom homem. Percebendo que Elizabeth estava inquieta, aproximou-se e disse:

— Aceita?

— Não, obrigada.

— Sei que já me desculpei. Mas sinto que somente falar é pouco, gostaria de poder fazer algo mais para ajudá-la.

— O senhor já está fazendo. Ter vindo aqui já mostra o quanto é atencioso. Sua ajuda está implícita em seus atos. Sabemos que foi acidente, não se culpe por algo que não esperava acontecer.

Ariel sentiu-se acalentado pelas palavras de Elizabeth e, à medida que dialogavam sobre o ocorrido, mais seu encantamento por ela aumentava.

— Posso lhe confessar uma coisa?

— O quê?

— Eu sou ateu! Sinto-me culpado de estar perto de vocês, por ser assim.

— Não acredita que exista uma força maior que rege o Universo?

— Não. De maneira nenhuma. Não tenho motivos para acreditar.

— Então, não entendo por que se sente culpado de estar entre nós.

— Culpo-me por não ser como vocês. Tenho vontade de ter fé. Mas não sei como conseguir.

Elizabeth, que estava olhando pela janela, virou para Ariel, colocou os óculos sobre os cabelos, jogando-os para trás e disse:

— O que você quis dizer com não sei como conseguir? Precisa ver algo que o faça acreditar?

— Sim, e para ser sincero é por isso que estou aqui. Quando atropelei Bárbara, tinha certeza de que ela não sobreviveria, pois por um minuto não consegui sentir sua pulsação, e achei que a tinha perdido. Mas...

— Mas...

— De repente ela voltou a respirar e sem que percebesse estava pedindo a Deus para que não a deixasse morrer. Foi nesse momento que ela abriu com muita dificuldade os olhos e...

— E...

— Achei estranho, pois mesmo não tendo fé, orei pedindo para que ela não morresse. Senti que minhas palavras foram atendidas. Mas tenho medo de acreditar que uma prece possa fazer a diferença. Você me entende?

— Não, Ariel! Sinceramente, não entendo. Como pode ter medo de uma prece, pedindo o bem de alguém, que mal isso pode lhe causar?

— É que...

Ariel tentava explicar para Elizabeth. Mas foi interrompido pelo vibrar do celular.

Olhou no visor, era sua secretária, pediu licença e foi atender a ligação no fim do corredor.

— Oi, Nia!

— Dr. Ariel, seu irmão ligou e pediu para que retornasse o mais rápido possível. Tentou o celular. Mas deu fora de área.

— Tudo bem. Ele deixou o número para eu ligar?

Ariel anotou na agenda do celular e na mesma hora ligou para seu irmão. O telefone tocou algumas vezes quando uma voz feminina atendeu do outro lado.

— Mosteiro Emana, boa noite!

— Por favor, gostaria de falar com Sigur.

— Quem deseja?

— Ariel, sou irmão dele.

Depois de alguns instantes, Sigur veio ao telefone.

— Ariel?

— Sim, como você está?

— Liguei porque tive uma sensação não muito boa a seu respeito. Está tudo bem por ai?

— Você e suas premonições.

— Não consigo evitar, é difícil me abster de algo que não me deixa tranquilo.

— Então, fique tranquilo, por aqui está tudo na paz.

— Tem certeza de que não quer me contar nada?

— Contar o que, Sigur? Não tenho nada para contar.

— Nem sobre o acidente?

Capítulo 14

As chamas de fogo clareavam os candelabros de maneira harmoniosa, sombras e luzes eram os opostos que se apresentavam pelos corredores do mosteiro Emana por causa do vento que marcava sua presença assobiando por entre as frestas das janelas, anunciando a chegada de uma tempestade.

Sigur, após conversar com seu irmão sobre o ocorrido, ficou mais tranquilo e parecia não notar o chacoalhar das janelas de tão concentrado que estava, escrevendo uma apresentação que faria nas Bahamas, mais precisamente na Ilha Eleutheria, sobre o poder da meditação.

Uma de suas novas técnicas foi denominada pelo público como Elixir do Paraíso (EP). A meditação consiste na visualização de uma cachoeira de águas cristalinas, repleta de raios solares. A pessoa se mentaliza nesse ambiente, imaginando que ali, naquelas águas, exista a presença da mais pura energia. As cascatas que caem das pedras vão de encontro ao corpo no intuito de revitalizá-lo. O sucesso dessa visualização consiste em beber dessa água e imaginar que está bebendo um elixir capaz de eliminar toda energia ruim, ou que esteja estagnada, atrapalhando a harmonia entre mente e corpo. É necessário focar a mente numa luz dourada, pois a visualização dessa cor faz a mente se libertar, alterando a consciência para um estado denominado êxtase mental. Ao ingerir a água, torna-se essencial a visualização de tons dourados, significando que nada de ruim poderá acontecer, pois quem bebe esse elixir passa a exalá-lo e, exalando energias positivas, só atrairemos bons fluidos.

Vários fóruns mundiais sobre o assunto confirmaram que o EP era de grande eficácia para pacientes com depressão. Mas vários especialistas também discutiam que a maioria deles não conseguia se abster dos problemas diários dificultando, assim, a meditação. Foi por isso que Sigur resolveu criar um método que facilitasse a liberação de mente e corpo. Durante alguns anos ele se dedicou ao estudo profundo da consciência, no qual pôde desenvolver um processo de fácil aprendizado: Aspiração Alada. Um conjunto de técnicas que tem como base primordial a inspiração que necessita de uma fonte capaz de fazer a pessoa se desligar da realidade, devaneando, assim, entre emoções provocadas. Embriagada de novas sensações, a mente se desliga da realidade vivida, passando para uma realidade sentida. A partir desse momento a mente passa por uma alteração de consciência, entrando num estágio de êxtase, no qual se inicia o processo meditativo. Esse estudo que acabou tornando-se um *best-seller* fez de Sigur um dos mais proeminentes pensadores do século XXI.

A tempestade iniciou-se dando um show de luzes pelo céu do Himalaia, e mesmo assim o jovem pensador estava tão imerso em seus pensamentos que não percebeu o que acontecia a seu redor.

Capítulo 15

Já no quarto, Kate West, a repórter da CNN, fazia um esforço enorme para se lembrar do que havia acontecido. Sozinha, tentava se recordar de como fora parar ali, numa cama de hospital.

Sentia dor na parte abdominal. Foi neste instante que se lembrou de sua gravidez. Tocou a campainha de emergência sob a cabeceira, e rapidamente surgiu uma enfermeira.

— A senhora está precisando de algo?

— Sim. Quero saber onde está meu filho?

— Está na maternidade. Mas agora que a senhora acordou podemos trazê-la.

— Então é uma menina?

— Sim, e muito saudável!

A enfermeira saiu do quarto em busca da criança, enquanto Kate, com os olhos lacrimejando podia sentir que algo mudara: agora, ela era mãe. Sabia que seria preciso deixar o trabalho para poder criar sua filha. Uma nova etapa em sua vida estava apenas se iniciando.

Não sabia identificar se estava ansiosa para ver sua filha ou se a enfermeira estava demorando. Tentou levantar-se da cama. Mas o esforço foi em vão, seu corpo ainda estava muito machucado e dolorido. A espera sempre foi algo que ela não administrava muito bem. Apelidaram-na de apressadinha, pois para ela tudo tinha de ser rápido, sem muitas delongas e muito menos rodeios. Era um defeito que já vinha trabalhando com sua psicóloga Amyka.

Não conseguiu segurar sua impaciência e apertou novamente a campainha. Para sua surpresa, um enfermeiro entrou no quarto.

— O que está sentindo, senhora?

— Nada, apenas quero saber onde está a enfermeira que foi buscar minha filha.

— Enfermeira?

— Sim, ela entrou a pouco e disse que buscaria minha filha na maternidade.

— Acho que está havendo algum equívoco. As enfermeiras só entram no próximo turno, que é o da noite. Neste turno são somente enfermeiros. O hospital tem um regulamento, enfermeiras são mais necessárias durante a noite em virtude de a maioria dos partos acontecerem nesse período. Isso tudo por causa de uma lenda que relata ser essencial a presença de mulheres no ato do nascimento. Diz que quanto maior for a presença feminina, mais sabedoria e intuição terá a criança. Desde então, a administração do hospital tenta seguir a risca o que diz essa lenda.

Capítulo 16

Passadas oito horas de cirurgia, um médico entrou na sala de espera e avisou a todos que aguardavam por Bárbara que a cirurgia tinha sido um sucesso e que ela poderia receber visitas pela manhã.

Logo que o médico deixou a sala, todas da Cúpula da Sabedoria Sagrada tiveram a mesma sensação, aquele semblante era familiar. Não conseguiram ler o nome no jaleco e perceberam algo mais estranho ainda, somente elas que o estavam vendo. Notaram que Zeng não havia percebido mais ninguém ali.

Catherine foi a primeira a descobrir que o médico era Antonnio Beninni.

Antonnio Beninni apareceu para elas, a fim de dar conforto, informando que Bárbara estava bem. Mesmo em sua pós-vida, ele se fazia presente.

Por um instante lembraram-se do dia em que ele as apresentou a Teoria Elle, informando que seriam as escolhidas para levarem a Sabedoria Sagrada adiante.

Antonnio Beninni era o mentor espiritual da Cúpula da Sabedoria Sagrada. Todas as seis integrantes conseguiam vê-lo. Ele sabia que as outras duas que faltavam também possuíam essa mediunidade. Aliás, essa seria uma das provas que comprovaria a identidade real delas.

Mais tranquilas, decidiriam voltar para o hotel. Ao tomarem o corredor rumo ao elevador, notaram uma correria na maternidade.

— O que está acontecendo? — perguntou Elizabeth.

— Roubaram a filha da repórter Kate West — informou o enfermeiro.

— Havia esquecido que ela estava internada aqui — sussurrou Angella.

O enfermeiro levou-as ao quarto da repórter, quando Elizabeth começou a se sentir mal.

Zeng a segurou, colocando-a numa cadeira.

— O que está sentindo, Elizabeth?

— Tonturas, enjoo e ao mesmo tempo várias imagens passam em minha cabeça, não sei como coordená-las.

As integrantes da Cúpula eram preparadas para não se deixar abater por espíritos com energias nefastas, possuíam o poder de neutralizar a energia negativa emanada, alterando, assim, o estado de consciência. Conseguiam por meio desse estado desencadear uma onda de pensamentos positivos que serviam como uma cúpula incapaz de ser invadida. Mas o mais estranho era que Elizabeth ainda não conseguia se proteger totalmente, de uns meses para cá ela vinha sentido esse mal-estar. E o que impressionava era que sua língua sempre ficava arroxeada.

Um médico que estava por perto aferiu a pressão, mediu a pulsação e não notou nada de anormal, a não ser a tonalidade da língua.

— Já me sinto melhor! Obrigada, doutor...

— Dr. Henry!

Ao ouvir o nome do médico, Elizabeth recordou do último dia em que viu Henry Dunieve, o estilista que praticava rituais de controle da mente com ela, Natasha e várias outras modelos. O fato de ter uma pessoa com o nome de Henry ali no hospital fez com que ela sentisse todo o mal que o estilista, seu antigo namorado, havia feito com ela e suas amigas.

Capítulo 17

Um show de raios e relâmpagos podia ser apreciado das varandas e janelas do mosteiro Emana. A tempestade se instalara sobre o Tibet. O que provocava deslumbramento na vizinhança era o fato de que a chuva não caía sobre o mosteiro. Era como se uma redoma de vidro o protegesse. Somente os ventos, considerados aliados dos monges, se faziam presentes, não permitindo que a tempestade caísse ali, no santuário que todos diziam ser protegido por forças superiores.

O fato é que a proteção vinha do poder da liberação de energias positivas. Geralmente tempestades fortes são necessárias em locais onde exista uma grande quantidade acumulada de energia negativa. A presença de raios, relâmpagos e trovões nada mais era do que a retomada do equilíbrio energético. Os opostos, negativo e positivo, se confrontavam, dando um espetáculo de cores e forças.

Kamilah e Myang ficaram estarrecidas ao verem o que estava acontecendo. Era a primeira vez que presenciavam algo tão esplendoroso. As lágrimas foram necessárias, porque não existiam palavras que pudessem explicar o que estava diante de seus olhos. Provavam que o que assistiam estava além da realidade. Mas que nem por isso deixava de ser real. Era uma realidade surreal, que mostrava sua existência por intermédio da força da natureza.

De pé na varanda, Myang e Kamilah se sentiram abençoadas de poderem participar de algo tão belo. Puderam sentir gotículas da chuva sobre os braços, olharam em volta, viram os passarinhos que saíam da chuva, depois de terem-se encharcado na tempestade. Até os passarinhos sabiam que ali no Emana não estava chovendo. A natureza em sua essência se mostra sábia baseando-se apenas nos meros detalhes, que muitas vezes são os que fazem a diferença.

Sigur percebia o deslumbramento de suas alunas.

— Não existe obra mais magnífica do que esta diante de nossos olhos!

— Estou maravilhada! — exclamou Myang.

— Dá vontade de ficar para sempre olhando esse cenário — completou Kamilah.

— Deixe-o impresso em suas mentes, assim sempre que quiserem poderão recordá-lo. As pessoas hoje em dia não sabem recordar, apenas relembram.

— Qual a diferença?

— Recordar é trazer de volta à mente todas as sensações geradas em determinado momento, e relembrar é tão somente imprimir uma cena vivida em sua memória.

— Então, se eu disser para uma pessoa que me recordo dela, estarei dizendo implicitamente que tive um envolvimento sentimental com ela? — perguntou Kamilah.

— Correto!

Sigur aproveitou o momento, pois tinha certeza que elas o recordariam, e deu início à nova etapa de aprendizado, que consistia no poder da música e do aroma.

— Vocês conseguem sentir o cheiro da relva molhada?

— Claro, é um aroma que me traz um frescor na alma.

Achando a reposta de Kamilah interessante, prosseguiu:

— Isso quer dizer que ao recordar este momento sentirá o que acabou de me dizer. E você, Myang, o que me diz?

— É engraçado. Este aroma me fez recordar (ou seria relembrar?) de quando eu cuidava dos jardins da casa de meus avós.

Sigur notou que Myang ainda não havia entendido a diferença entre recordar e relembrar. Voltou a explicar de uma forma mais flexível, dizendo que recordar é reviver o momento por completo, incluindo todas as sensações vividas, e relembrar seria deixar vir à mente imagens gravadas, não precisando haver sentimento envolvido, apenas lembranças.

Ele explicou que o aroma, assim como a música, são capazes de nos fazer recordar dos momentos importantes em todas nossas vidas.

— Aposto que já escutaram uma canção pela primeira vez e sentiram algo indescritível, por exemplo, o coração bater mais rápido, uma saudade inexplicável. Então, pergunto o que acham que ocasiona essa sensação?

— Ter vivido um momento em nossas vidas onde tocava essa música.

— Justamente. O que toca o coração reacende a alma. A música e o aroma são os transportes mais fáceis para esse tipo de viagem.

— "Viagem". Gostei do que disse. Sabe, certa vez fui assistir a um show da *Broadway*, não me recordo qual. Mas o fato é que eu estava atenta ao show até que começou a tocar uma música. No mesmo instante senti que me desliguei da peça e fui para onde havia escutado essa canção pela primeira vez, pude reviver todas as emoções em apenas alguns segundos. Desconectei-me completamente. E o mais incrível foi que ao voltar para o show, me senti mais revitalizada — relatou Kamilah.

— Ótima experiência, Kamilah. Costumo dizer que a música é o néctar da vida. Agora é claro que do mesmo jeito que existem músicas que nos elevam têm as que nos deixam para baixo. Isso porque em alguma etapa das várias vidas que tivemos, ouvimos uma música num momento não muito agradável. Mas que nem por isso deixou de ser importante.

Myang disse que havia certa canção que a deixava deprimida. Mas que há alguns anos, enquanto sintonizava uma rádio dentro de seu automóvel, ouviu o início da música e, ao mudar a estação, um carro buzinou atrás, olhando pelo retrovisor ela reencontrou uma pessoa que lhe fora muito importante. Então a música que antes era motivo de tristeza agora era de alegria.

Sigur enfatizou que as músicas atualmente não eram músicas. Mas um aglomerado de instrumentos com um único intuito: fazer barulho. Música precisa de melodia capaz de gerar emoção, pois o que não gera sentimento não toca a alma. Era imprescindível não confundir emoção com euforia. Músicas de rock, dentre outros estilos do gênero, não geram emoções. Mas um desencadeamento de euforia, o que pode influenciar uma pessoa a escolher um caminho na vida não muito agradável. Influências musicais podem ofuscar ou iluminar uma trajetória.

Caminhando com Kamilah e Myang para o refeitório, ele disse que pela música pode-se traçar o perfil de uma pessoa e, por isso, entregou a elas dois CDs.

— Quero que gravem músicas que causem emoções. Emoções capazes de fazer vocês viajarem num mar de sentimentos, onde o único destino é se encontrarem.

Capítulo 18

Assistindo a um de seus filmes prediletos, do qual foi diretor e produtor, Ariel tentava resgatar sentimentos que há muito tempo não sentia.

Lembrou-se do dia em que recebeu quatro Oscars: de melhor filme, diretor, trilha sonora e fotografia. Não acreditava que a academia americana daria o prêmio para um filme árabe. Com base no romance *Aspiração Alada*, de seu irmão, Sigur Noir, ele conseguiu o que nenhum outro árabe havia conseguido: ganhar o Oscar e ser reconhecido no mundo inteiro.

A cena que mais agradou o público foi a da preparação de Faiza, uma das personagens principais, ao ser iniciada no processo de inspiração da mente. O filme fora comparado com o famoso *Shangri-La*, porém se diferenciava mostrando que o horizonte perdido se encontra dentro de cada um de nós. Perdido em seus pensamentos, Ariel foi despertado quando o mordomo entrou na sala, informando que Melina o aguardava.

Melina, sócia de Ariel na produtora IALU*, recebera um roteiro muito interessante e precisava de sua aprovação para fechar o negócio.

Conheciam-se desde a faculdade de cinema, graduaram-se juntos e tiveram a ideia de criar uma produtora de filmes. Como já eram muito conhecidos no meio acadêmico, a entrada para o mundo da sétima arte não foi difícil.

Inovação sempre foi o principal lema da IALU, que em árabe significa campo dos sonhos. Assim, iniciava-se um novo conceito em produção de filmes, que pelas projeções seria um sucesso.

---

* Palavra egípcia que significa "campo dos sonhos".

Ariel seguiu com Melina para o escritório, ali mesmo em sua casa, pois o assunto era confidencial e não poderia ser discutido na produtora.

— Então, o que decidiu, Ariel?

— Sem dúvida é uma ideia que causará polêmica. Temos de estar preparados para todo tipo de crítica da imprensa e dos especialistas. O que causa impacto influi em mudança. Acho que esse projeto elevará o *status* da IALU para um patamar nunca alcançado por nenhuma outra produtora.

— Está me dizendo, então, que podemos iniciá-lo?

— Sinal verde, cara sócia, e que Alá esteja conosco.

Melina o abraçou e em seguida deu-lhe um beijo no rosto. Logo saiu para tomar as devidas providências, que não eram poucas. Ariel, não conseguia sentir o mesmo entusiasmo, pois não tirava da cabeça o acidente com Bárbara. Mas o que mais lhe incomodava era o fato de estar apaixonando-se por Elizabeth e Bárbara, isso ele não poderia deixar acontecer.

Capítulo 19

Angella tentava acalmar Kate West, que relatava aos policiais o que havia acontecido.

A ala da maternidade estava à disposição dos investigadores, ninguém poderia sair do hospital até que todos fossem interrogados.

— Será que a senhora consegue nos dizer como era a fisionomia desta mulher que entrou aqui dizendo ser enfermeira?

— Aparência alta, com cabelos ruivos e um aroma inebriante, foi o que me chamou mais atenção.

— Aroma?

— Sim, um cheiro que me deixou extasiada.

— Algo mais?

— Olhe, detetive, como sou repórter de campo, tenho um *feeling* ao lidar com pessoas desconhecidas e posso lhe garantir que apesar de ela ter sumido com minha filha, é uma mulher do bem.

— Se for do bem, então por que a senhora está nos dando o trabalho de vir aqui e interrogar todos os funcionários?

— Porque ela fez um mal que pode ser necessário.

Os investigadores, achando que Kate West estava delirando por causa de seu estado de convalescença, resolveram terminar o depoimento, pedindo para os médicos que quando ela estivesse em melhores condições os comunicassem.

Angella também não entendeu o que Kate West disse. Esperou que todos saíssem da sala e perguntou:

— Você tem consciência do que acabou de dizer para a polícia?

— Tenho!

— Mas, então?

— Angella, a mulher é uma pessoa boa. Mas nem por isso acho certo o que ela fez, foi por isso que chamei a polícia.

Era estranho e causava certa polêmica como tudo que Kate West falava. Angella pôde sentir que apesar de estar preocupada com o sumiço da filha, a repórter se mostrava calma. Dois sentimentos antagônicos se faziam presentes em uma pessoa. Lembrou-se do que Nassum Dharma disse certa vez: "Quando a dualidade se apresenta de forma inusitada, é preciso ter o dobro de atenção para compreender o que esses sentimentos insistem em dizer".

Capítulo 20

Kamilah deitou-se na cama a fim de fazer o que Sigur havia pedido. Pegou os CDs e começou a gravar as músicas que a emocionavam.

Enquanto ouvia um pouco das canções, lembrou-se do dia em que foi para Dubai, onde sua missão era descobrir a causa de vários desaparecimentos em alguns pontos da cidade, como o Hotel Burj Al Arab, a Avenida Sheikh Zayed e toda a orla marítima.

Ficou por lá durante dois meses, e o mais estranho foi que quando voltou para Roma pôde confirmar que ficara um ano em Dubai.

Era como se o tempo em Dubai ocorresse de forma diferente das demais cidades do mundo. A agente de casos intrigantes do FBI começou uma exaustiva pesquisa sobre o Hiato Temporal (HT), como o próprio nome diz, um intervalo no tempo.

Iniciou o estudo desses fenômenos com Faiza, uma pessoa que lhe foi indicada para ajudá-la a interpretar a causa dos eventos intrigantes, focando o HT e os universos paralelos.

Faiza explicou que a diferença com relação ao tempo pode ser explicada por uma pequena fenda temporal, que nada mais é do que uma passagem para outra dimensão. Enfatizou que tais fenômenos ocorrem mais em regiões onde há abundância de energia.

Kamilah se dedicou a fundo nesse aprendizado. A cada dia que passava com Faiza, agradecia por ter tido a feliz coincidência de tê-la conhecido. Assuntos que nunca passaram por sua mente, pois não tinha ideia das infinidades possíveis de realidades que coexistem paralelamente à nossa, encontraram morada fixa em sua rotina.

Foram meses, semanas, dias, horas, minutos, segundos, e ela não percebia que o tempo não se fazia presente em seu aprendizado. Faiza informou que quando a mente está direcionada para o que antes considerava fantasia, ilusão, passa a assimilar o conhecimento adquirido assumindo, assim, uma nova realidade experimental. O tempo então se torna despercebido para as pessoas que exigem um grau muito elevado de conhecimento, pois o cérebro necessita de um intervalo para processar as informações, e não tendo esse espaço de discernimento, perde a noção do quanto já processou tendo sempre a sensação de que não foi o suficiente.

Ainda absorta em suas recordações, pôde reviver a emoção do dia no qual Faiza a informou que estava pronta para dar continuidade no caso *D in D* (Desaparecidos em Dubai).

Desde o dia em que sua instrutora a liberou, Kamilah nunca mais teve notícias dela e não foi por falta de ir atrás. O mais intrigante foi o fato de que quando ligava para saber notícias a senhora que atendia informava ser engano, dizendo que não havia ninguém ali com o nome Faiza. E o mais assustador foi quando Kamilah descobriu que o local onde tinha aulas não existia em Dubai.

Foi neste momento que ela percebeu outra realidade que a acompanhava desde que conhecera Faiza.

Suas recordações foram interrompidas com o chamado de Myang na porta.

— Kamilah, posso entrar?

— Claro!

Myang entrou no quarto entregando uma correspondência à sua amiga, que ao ver o remetente, quase morreu de susto, pois era Faiza.

Capítulo 21

Uma presença no quarto a despertou da anestesia. Bárbara abriu os olhos e viu sentado em sua cama Antonnio Bennini.

— Antonnio?

— Então, como está?

— Um pouco zonza e com dores. Mas graças a Deus viva, ou não estou?

— Claro que está. Minha presença lhe assustou assim?

— Não é isso. Abri os olhos e lhe vi. Pensei ter passado desta para melhor.

— Não, minha querida. Você ainda tem muito que fazer por aqui, e é por isso que me faço presente.

Ele explicou a Bárbara que o acidente que a envolveu fora preciso acontecer, pois só assim ela poderia adquirir uma amplitude de sua sabedoria. Chamou o acidente que tivera de intervenção divina, informando que por meio dele ela teria uma nova percepção da vida. Conhecimento que só é permitido ao espírito.

No intuito de fazê-la recordar de sua jornada espiritual, reavivando o conhecimento adquirido para sua consciência, Antonnio perguntou:

— Lembra-se de algo durante o período em que esteve inconsciente?

— Muitas cenas, imagens, cheiros e sentimentos. Mas ainda estão confusos em minha mente.

— Tente se recordar do que lhe chamou mais atenção.

— Recordo-me de ter acordado num local belíssimo, que se parecia muito com um mosteiro, tudo lá tinha mais cores, mais nuance, mais brilho, mais...

— Vida?!

— Exatamente isso, Antonnio, tirou as palavras de minha boca. E sabe de uma coisa, mesmo tendo sofrido este acidente, sinto-me mais viva agora do que antes. Não é interessante?

— Essa sensação lhe acompanhará de agora em diante, pois sua consciência não terá limites. O que quero dizer é que, mesmo viva, você poderá se transportar além do corpo.

Ainda querendo suscitá-la a respeito de seu novo dom, Antonnio voltou a lhe perguntar:

— Recorda-se de ter visto pessoas nesse mosteiro ou era um local ermo?

— Sim, várias. Mas recordo-me apenas de duas mulheres e um homem que me chamou atenção por sua beleza.

Enquanto relatava a Antonnio, sua mente foi para o mosteiro, sentiu o toque das mãos de um monge em seu braço lhe apresentando suas alunas, Kamilah e Myang. Antonnio, reparando que o semblante de Bárbara havia modificado, pôde confirmar que apesar de estar ali em sua frente relatando algo que mais parecia ser para outra pessoa, disse com um sorriso:

— Seja bem-vinda ao Emana!

Capítulo 22

Ariel seguiu com Melina para a produtora, no intuito de fazer uma apresentação sobre o novo projeto da IALU. Reuniram-se na sala máster, onde os diretores foram informados sobre o AnamE.

Ariel explicou que o nome do projeto foi escolhido por ser muito sugestivo se lido detrás para frente, EmanA. Informou que por intermédio dos filmes produzidos em AnamE, os espectadores, por meio de sensores ligados ao dedo indicador, poderão emanar sentimentos, captados pela IALU, que dará continuidade aos filmes futuros.

— Os espectadores serão os coprodutores — informou ele.

— Na primeira produção, nós que seremos os produtores. Mas, a partir dela, começaremos a coletar as emanações — prosseguiu Melina.

Depois de explicarem, Ariel e Melina disseram que o roteiro-piloto estava pronto. Mas faltavam pequenos ajustes, que seriam feitos o mais brevemente possível.

— Sobre o que será o roteiro? — perguntou um dos diretores.

— Será uma história de amor — respondeu Melina.

— Amor é o tema mais falado no mundo da sétima arte, não acham que para um projeto como o AnamE precisaríamos de algo que causasse impacto? — retrucou outro diretor.

— Não! Pois o que às vezes é tão falado pode ser que não seja sentido da maneira correta — continuou Ariel.

— Não existe sentimento com mais capacidade de inspirar uma pessoa — prosseguiu Melina.

— Podemos dizer que o amor caminhará juntamente ao AnamE. É importante saber que o AnamE trabalhará somente na coleta de emanações positivas, e para isso teremos de iniciar o projeto e dar continuidade, centralizando nosso foco na supremacia de todos os sentimentos.

Os diretores ficaram um minuto em silêncio, pensando no que Melina e Ariel acabavam de explicar. Depois de alguns instantes, chegaram à conclusão que o projeto seria, sim, algo que mudaria a maneira de se fazer cinema. Resolveram, então, levantar e aplaudir os proprietários da IALU de pé.

Terminada a reunião, Ariel seguiu para sua sala acompanhado de Melina, pois tinham de decidir sobre algo primordial no piloto do AnamE, a trilha sonora do filme.

— Melina, podemos trocar uma ideia com Sigur, o que acha?

— Ótima sugestão! Ligue para ele.

Ao pegar o telefone, Ariel sentiu seu celular vibrando, olhou na tela e viu que era Elizabeth.

— Elizabeth!

— Olá, Ariel, como está?

— Tudo bem, e você?

— Melhor agora, pois Bárbara já está podendo receber visitas, e é por isso que estou te ligando, queria saber se não quer visitá-la conosco?

Sem querer mostrar sua exaltação, por estar falando com uma das mulheres por quem estava apaixonando-se, respondeu:

— Claro que sim. Que horas vocês irão?

— Daqui uns 15 minutos.

— Combinado, encontro com vocês.

Ariel desligou o telefone, sentindo seu coração bater descompassado. Sabia que o que estava temendo iria acontecer.

Pediu a Melina para que continuassem a reunião outra hora, pois precisava visitar uma amiga.

Notando que seu sócio ficara com um semblante mais alegre, perguntou-lhe:

— Você parece mais entusiasmado depois desse telefonema, alguma nova paixão?

— Por quê? Deu para perceber algo?

— Claro, Ariel, uma nova paixão nos coloca nas nuvens, e você me parece estar flutuando — retrucou, sorrindo.

Ariel respondeu dizendo estar em uma situação que, se o AnamE fosse colher suas emanações não conseguiria identificar a coerência em seus sentimentos.

Capítulo 23

Kamilah lia atentamente a carta que recebera de Faiza:

Cara Kamilah,

Penso que sua mente deve estar um tanto confusa em decorrência dos fatos ocorridos em Dubai. Justamente por isso, venho por meio desta lhe explicar um pouco do que aconteceu.

Desde a criação de Dubai, foi verificada uma grande incidência de energia naquela região. Cientistas e físicos tentaram impedir a construção da cidade, alegando que os moradores poderiam, com o passar do tempo, adquirir doenças radioativas devidas ao alto fator de eletromagnetismo emanado.

Essa abundância de energia desencadeia efeitos magnéticos capazes de "criar" possibilidades alternativas de realidades. A consciência, então, abastece-se dessa energia, elevando o padrão mental, desfrutando, assim, das partes do cérebro que antes não eram utilizadas.

Kamilah tentava assimilar o que acabara de ler. Mas as informações ainda estavam meio confusas. Deixou a carta um pouco de lado. A fim de espairecer, abriu a janela do quarto, respirando a brisa fresca da noite.

O cheiro da relva e das folhagens parecia ter o odor alterado durante a noite. Recordou do que Sigur havia lhe dito: "Durante noite podemos perceber melhor a vida".

Lembrou-se de ter perguntado por que, pois tudo que é iluminado é melhor de ser admirado e entendido. Ele respondeu informando que era justamente por isso. Os olhos quando se apetecem de paisagens muito iluminadas se viciam no que enxergam, deixando de lado o vislumbrar da mente. Esta só é invocada quando os sentidos não têm necessidade de fazer suas funções. A noite nos dá esse repouso, convidando os sentidos para um banquete etéreo. Terminou a explicação, deixando uma pergunta: Já percebeu que a noite tem um odor diferente?

Kamilah entendeu o que Sigur havia lhe dito e pôde confirmar ao ouvir corujas, grilos e sapos informando que também estavam por ali admirando a lua cheia. Até os animais se mostravam companheiros e admiradores notívagos. Ainda refletindo, percebeu que nunca ouvira um sapo ou uma coruja durante o dia. Chegou, então, à conclusão de que todos os seres vivos se unem para poder celebrar a chegada da noite.

Aproveitou o momento e agradeceu as forças do Universo por terem lhe dado a oportunidade de experimentar novas sensações, repletas de conhecimentos.

Ela que sempre fora confiante do que almejava para seu futuro, mesmo na época em que corria perigo como agente secreta, podia contar com uma confiança fora do comum. E foi essa confiança que a guiou para um destino tão inesperado. Até hoje se surpreendia diante do fato de que a escolha que agora fez era tão contrária a vida que antes levava.

Admirando o luar, ouviu um barulho nos jardins e viu que Sigur caminhava acompanhado de uma pessoa. Esforçou-se para ver quem poderia ser e se surpreendeu ao ver que era com Faiza que Sigur conversava.

Capítulo 24

Depois de visitar Bárbara, Anna e Catherine seguiram pela Avenida Sheikh Zayed, onde dariam entrevista para uma emissora local.

O motorista estacionou diante do edifício, elas adentraram no *hall* e foram conduzidas pelo recepcionista ao último andar, 23º. O elevador panorâmico era diferente dos que conheciam, pois se deslocava em círculos, dando voltas em torno do edifício. Dessa maneira, a cada volta ele se projetava um andar acima.

Apesar de já conhecerem as modernidades de Dubai, nunca poderiam imaginar um elevador com essa dinâmica. Enquanto subiam, assistiram um vídeo sobre a construção da cidade, que foi idealizada por Mohammed Allabar. A ideia de se construir uma cidade-*resort* no meio do deserto era com certeza um grande desafio. A estrutura de seu projeto foi baseada na cidade italiana Veneza. Foram os famosos canais de Veneza que fizeram com que o projeto de Allabar fosse um tanto quanto impossível, por causa da construção que seria realizada no meio do deserto. A cidade-*resort*, hoje considerada meca do século XXI, teria capacidade de início para cem mil habitantes e abundância de água.

Um *slogan* muito interessante aparecia a cada nova arquitetura projetada em Dubai: "Queremos estar além do que é possível, venha para Dubai e descubra que o impossível acontece aqui".

A cada 45 segundos elas assistiam a explicação sobre um famoso ponto turístico da cidade, como o maior *ski indoor* criado com neve de verdade. O projeto do Dubai Mall Center, que teria a torre mais alta do mundo, também foi apresentada.

Prestando atenção ao vídeo, nem perceberam que já haviam ultrapassado o 23º andar e que o elevador continuava a subir. Notaram a sincronia entre o que ocorreu com elas em Veneza, pois fora lá que Antonnio Beninni havia lhes comunicado sobre a Sabedoria Sagrada. A vida delas desde aquele dia tomou outro rumo. Agora se encontravam em Dubai, que por coincidência fora projetada em cima da cidade como Veneza, com abundância de água. Um estranho paradoxo com vários pontos em comum que precisariam ser estudados.

Sabiam que quando a sincronia se fazia presente era para chamar atenção. Olharam no visor de contagem dos andares e finalmente perceberam que estavam além do 23º.

Capítulo 25

Kate West parecia mais disposta, porém a equipe médica percebeu que sua mente ainda estava confusa. Resolveram pedir assistência a um psicólogo no intuito de ajudá-la na organização de suas ideias.

Dra. Dór, reconhecida por seu trabalho de análise holística, premiado pela academia de Estudos da Mente (EME) foi a escolhida para dar um parecer sobre o quadro psicológico da repórter.

Entrou no quarto se apresentando apesar de não ter sido preciso, pois sua fama ultrapassara as fronteiras do oriente médio, e a repórter já havia feito até uma matéria sobre a psicóloga.

— Que ironia do destino. Eu que há um ano a entrevistei hoje serei a entrevistada.

— Acha ruim falar sobre você?

— Não! Apenas achei interessante, somos joguetes na mão do destino.

— Não acredita que cada um de nós atrai para si o próprio destino?

— Não... Não sei... Depende...

— Mesmo inconscientemente podemos atrair uma realidade para nós. Mas isso não quer dizer que o destino irá alterá-la, pois mesmo seguindo por caminhos menos tortuosos, a chegada será a mesma.

— A chegada pode ser a mesma. Mas a pessoa que chegou, não.

Dra. Dór explicou que a vida nos dá resposta para tudo que perguntamos, mesmo que essas questões sejam inconscientes. Cabe a cada um estar atento ao que acontece a seu redor. Geralmente são nas coisas mais banais que se encontram os grandes significados.

— A senhora quer dizer que meu inconsciente sabia o que o destino me reservava?

— Claro que sim! Inconscientemente sabemos de tudo.

— E por que em vez do inconsciente saber o consciente não entra em cena, pois assim poderíamos evitar?

— É justamente por isso que essas informações ficam depositadas no inconsciente, porque, se soubermos o que nos acontecerá de ruim, entraremos em pânico querendo fugir do que não há escapatória.

Kate West ficou um instante em silêncio, tentando assimilar o que a psicóloga acabara de dizer. Esperando que o silêncio fosse quebrado pela repórter, Dra. Dór, que permaneceu sem falar nada, apenas fixou seu olhar na paciente, buscando trejeitos, gestos que pudessem lhe ajudar em sua análise.

— Sabe... Este momento, as mesmas palavras já foram ditas da mesma forma, e o mais interessante: por você... Uma sensação de já ter vivido esse momento...

— Muitos chamam de *déjà-vu*.

— E a senhora, chama de quê?

— RR, que denominei em meus trabalhos transcendentais, como Reprise de Realidades.

— Não estou entendendo! Como posso reviver uma realidade que já está sendo vivida?

— Vivendo duas realidades!

Notando que sua paciente ficara mais confusa, Dra. Dór retirou de sua pasta uma espécie de álbum a ao entregá-lo para Kate uma das fotos caiu, chamando a atenção da repórter.

— Foi ela!

— Ela quem?

— Foi ela quem levou minha filha!

Capítulo 26

Antonnio Beninni passou a noite inteira ao lado de Bárbara. O que para ele não era nada incômodo, pelo contrário, sempre fora um prazer ficar em sua presença. Enquanto admirava a beleza de Bárbara, recordou-se da primeira vez em que se encontraram.

Mesmo estando do lado espiritual da vida, Antonnio pode conferir que os sentimentos quando estão livres do corpo se tornam mais plenos. Seu amor por ela aconteceu tão repentinamente que ele se assustara. Tinha consciência de sua tarefa, e não podia deixar que os sentimentos interferissem em sua missão.

Antonnio Beninni fazia parte de um ministério espiritual denominado Controladores de Sincronias ou, como eles mesmos diziam, CC (Comissários de Coincidências). Todos os membros tinham um propósito: elaborar e administrar coincidências para que estas ocorressem de forma natural, e a pessoa envolvida conseguisse obter um significado implícito nas sincronias.

Era necessário passar esse aprendizado para as mulheres previamente escolhidas como detentoras da Sabedoria Sagrada. Essa Sabedoria vinha sendo passada desde os primórdios, antes de Cristo, onde as Virgens Vestais ou Deusas do Fogo de Roma eram as assistentes da Deusa Vesta, possuidora dessa Sabedoria. Muito se falou e ainda se fala pelos estudiosos sobre o pergaminho onde a Sabedoria Sagrada foi denominada como Teoria Elle pela indiana Rania. Um estudo sobre a personalidade dessa indiana revelou que ela poderia ter sido a encarnação da Deusa Vesta. As Virgens Vestais, no entanto, seriam as intermediárias do ministério de Antonnio Benini na Terra.

Bárbara despertou e o viu a seu lado.

— Não vai me dizer que passou a noite aqui?

— E por que não passaria?

— Por ser muito ocupado.

— Pois saiba que minha ocupação atual é tê-la por perto.

Ele explicou a Bárbara que por intermédio da Sabedoria Sagrada ela iniciaria a instrução e o desenvolvimento de um Controle de Sincronias ou coincidências significativas na Cúpula.

— Sabe, Antonnio, isso que acaba de me informar sempre passou por minha cabeça. Essas catástrofes que andam acontecendo no mundo, por exemplo, os *tsunamis* na Indonésia. Ficava pensando que se há alguém por trás desse carma coletivo este alguém deve ter muito trabalho para colocar todas as pessoas que deviam morrer ali naquele local, naquela hora.

— Seu espírito já traz esse pensamento em sua consciência, o que prova por que fora a escolhida para esse tipo de função. Realmente temos muito trabalho em colocar todos que fazem parte de um mesmo regaste em um acidente como o que citou. O principal é fazer com que essas pessoas percebam a sincronia dos eventos coincidentes significativos, o que raramente acontece. É necessário que estejam conectadas com a própria realidade interior.

— Para uma pessoa leiga, à primeira vista, parece ser muito difícil, Antonnio. Conheço pessoas que mesmo passando por várias sincronicidades ainda não se dão conta de que algo está tentando lhes chamar a atenção.

— Isso varia de acordo com o grau de evolução do espírito. Mas posso lhe adiantar que, quanto mais voltado para o lado espiritual, maiores são as chances de encontrar essa realidade.

— Então se estivermos sintonizados com nossas sincronias poderemos evitar uma tragédia?

— Não! Viver sintonizado com o Universo nos dá harmonia, ou melhor, o poder de perceber o que ele tenta nos mostrar. Mas isso não impede de nos encontrarmos com obstáculos e com a fatalidade.

— Não entendo. Por que não?

— Porque sofrer e morrer faz parte do processo natural da vida, da evolução humana. O que quero dizer é que mesmo sintonizados chegará nossa hora. No entanto, a sincronicidade é de grande valia, pois por meio dela podemos seguir por caminhos menos tortuosos. Um bom exemplo é compará-la com um guia que nos dá instrução sobre uma cidade que não conhecemos. Se não o temos, nos perdemos na procura de uma direção que seria facilmente achada com essa "mão" nos guiando.

Capítulo 27

Surpresa em ver Sigur acompanhado de Faiza, Kamilah vestiu uma roupa mais quente e foi até eles. A claridade do luar dava suporte às estrelas que comungavam com os mistérios da noite, parecendo mais uma tela renascentista viva.

Atravessando os corredores, avistou Myang, que falava ao telefone. Myang fez sinal com as mãos para que Kamilah a esperasse.

— Kamilah, adivinhe com quem eu estava falando?

— Não tenho a mínima ideia.

— Lembra que eu disse para você e Sigur que alguém pegou a criança?

— Claro, não vai me dizer que era a criança ao telefone — respondeu, sorrindo.

— Era uma mulher, e você se assustará com o que irei lhe contar.

— Myang, será que podemos continuar essa conversa outra hora? Preciso encontrar com Sigur nos jardins.

— Tudo bem, Kamilah, estou indo ao refeitório e depois me encontro com vocês.

Kamilah saiu apressadamente, com receio de não alcançar Sigur e Faiza. Passou pela esplendorosa estátua da Deusa Tara em frente ao altar Emana, percorreu por um caramanchão de maracujá chegando por fim até eles.

— Atrapalho?

— Claro que não, Kamilah! Acho que já conhece Faiza — respondeu Sigur.

— Como sabe, Sigur?

— Porque estávamos justamente falando de você.

— Então, Kamilah, como está? — indagou Faiza com seu olhar expressivo de sempre.

— Bem, um pouco confusa com sua carta, mas...

— Foi justamente por isso que resolvi aparecer pessoalmente, desconfiei que a carta em vez de ajudá-la poderia lhe confundir ainda mais.

Os três caminharam até a estufa, onde os monges cultivavam uma espécie de lírios muito raros, os azuis. Sentaram-se à mesa redonda, denominada oráculo. Kamilah percebeu que a conversa seria longa, pois sabia que ali também era um lugar onde aconteciam revelações, que não poderiam ser ditas dentro do mosteiro. Era um ritual que os monges seguiam há séculos. Diziam que uma revelação para ser entendida necessitava de algo que causasse uma efervescência intelectual, e nada melhor que o aroma dos lírios azuis para facilitar esse processo de assimilação.

Kamilah se lembrou do que estudara com Sigur a respeito do Oráculo de Delfos, na Grécia. Na época, ele lhe explicara que a profetisa, ou pitonisa, era a mulher que falava em nome de um deus, este no caso era Apolo. Assentada de frente a Sigur e a Faiza, pôde perceber algumas semelhanças entre o que acontecia em Delfos com o que estaria para ser revelado a ela.

Os aromas dos lírios exalavam uma fragrância que liberava os sentidos, tornando-os mais aguçados. Embriagada pelo contagiante odor, Kamilah, guiada pela voz de Faiza, fechou os olhos, deixando a mente absorta, livre de qualquer tipo de pensamento.

Estava entrando num estágio de pureza mental necessário para desvincular todos os sentimentos, pois ao deixar a mente liberta de sensações, atinge-se um grau de consciência que só é alcançado quando a pessoa envolvida está além do que pode sentir.

Passados alguns minutos, Kamilah já se encontrava desperta de sensações. Conseguia absorver o que Faiza lhe dizia sem deixar que os sentimentos a atrapalhassem.

— Kamilah, sua mente se encontra em dois níveis de realidade, uma gerada pela ausência de sentimentos, pois só assim poderá entender o que às vezes é muito difícil quando se têm emoções envolvidas, e a outra é a realidade de estar ouvindo-me, tendo consciência de seu estado mental atual.

Faiza pediu para Kamilah ficar em pé e a conduziu até o recanto onde se encontravam os únicos lírios verdes da estufa. Esses lírios eram valiosos para o Emana por causa da sensação provocada nas pessoas que conseguiam enxergá-los.

De olhos ainda fechados, Kamilah colocou sua mão sobre um dos lírios verdes. Percebeu que a fragrância que antes lhe inundara havia desaparecido.

— Faiza, que estranho, não sinto mais o aroma de antes.

— Isso aconteceu porque você concentrou sua atenção para o tato. A mente que antes estava voltada para o olfato, se direcionou para as mãos.

— Mesmo alterando a concentração da sua mente de um foco para outro, você ainda se mantêm nas duas realidades, concentre-se agora em enxergar essa flor, somente pelo tato — completou Sigur.

Sigur viu que Myang caminhava pelos jardins e parecia procurar alguém. Ela passou o caramanchão de maracujá e gritou:

— Kamilah, onde você está?

Percebendo que Myang poderia atrapalhar a concentração de sua amiga, Sigur e Faiza pediram à Kamilah que abrisse os olhos.

De frente ao vaso de lírios verdes, também conhecidos como *The Madonna Lilliums,* por ser uma espécie pura da flor, Kamilah abriu os olhos e disse:

— Meu Deus, nunca poderia imaginar um lírio dessa tonalidade. Mesmo sendo verde ele não se mistura nas folhagens.

— Kamilah, nossa mente é tão condicionada a associar o verde com plantações que nenhuma pessoa em sã consciência conceberia a ideia de que alguém um dia pode ver a beleza e a singularidade de uma flor com a mesma tonalidade das folhagens.

— Completando o que Faiza disse, enxergamos o que nos foi passado como realidade. A realidade que os olhos veem para as pessoas comuns passa a ser a verdadeira realidade.

— Não estou entendendo. O que isso quer dizer?

Myang, que se aproximava da estufa, porém ainda não conseguia vê-la, gritou mais uma vez pelo nome de sua amiga, que já havia aberto os olhos e voltado ao estado normal.

— Myang, estou aqui! — exclamou ela.

— Não adianta responder — disse Faiza.

— Como não? Ela está ali, estou vendo!

— Mas nós estamos em uma outra realidade que ela ainda não consegue perceber — finalizou Sigur.

Capítulo 28

Por um instante perceberam que algo havia mudado. Mas não sabiam o quê. Perguntaram-se como poderiam notar diferença em algo que ainda não tinham consciência do que era. De uma coisa tinham certeza, uma nova sensação as invadiu, seria isso o que provocara a mudança?

Ainda com os olhos fixados no painel de andares, Anna e Catherine viram que o elevador permanecia além do último andar. Apertaram o botão de emergência e logo em seguida o elevador começou a descer.

O painel não acompanhava o descer dos andares. Insistia em exibir o número 23. Já o monitor onde apareciam as apresentações dos pontos turísticos da cidade voltou a funcionar, porém as construções que viram anteriormente já haviam sido construídas e Dubai se mostrava completamente diferente.

Olharam pela vista panorâmica e puderam confirmar que as construções estavam ali conforme apresentado no monitor. O que mudara em Dubai? Ou seria mais apropriada a pergunta, o que mudara nelas?

A famosa torre de Dubai que puderam conferir pela maquete mostrada no vídeo, exibindo como seria a construção, foi o que mais chamou atenção das duas amigas, pois a belíssima arquitetura apresentou-se bem ali diante de seus olhos. Sentiram-se perdidas numa cidade que parecia ter alcançado o futuro em milésimos de segundos.

Lembraram-se do que o mestre Nassum Dharma havia lhes explicado:

Quando algo além das possibilidades acontecer, não se assustem, pois somos nós os verdadeiros criadores de novas realidades que antes não dávamos conta de que existiam. Isso se deve a um lapso no tempo real versus *tempo mental, mostrando-nos que somos viajantes sem precisarmos necessariamente viajar. A mente nos conduz para um labirinto de sensações, provocadas por essas novas realidades, percepções mais aguçadas que só podem ser alcançadas por uma consciência plena, repleta de amor, sabedoria, livre de preceitos e rótulos, que trabalha o espírito e o intelecto para essa busca, ou então, essa alternância de realidades pode ser provocada pelo simples fato de estarem em regiões providas de um acúmulo altíssimo de emanação de energia.*

As palavras do mestre foram como um colírio para os olhos embaçados. Puderam ver o que aconteceu com mais clareza. Tudo que ele dizia uma hora ou outra acontecia, não falava nada por acaso. Nassum Dharma havia explicado que todas as integrantes da Cúpula da Sabedoria Sagrada possuíam esse poder. Mas que este teria de ser trabalhado para que ocorresse de forma natural. Isso era o que ele e Antonnio Beninni estavam fazendo com todas. Ambos deixaram claro que a sincronicidade era o primeiro passo para se adentrar neste mundo repleto de novas sensações provocadas pela dinâmica harmonia entre o pensar e o acontecer. Quem percebe os sinais do Universo consegue vislumbrar outra realidade acompanhando-nos; o que pensamos se torna real, provocando uma torrente de sensações. O que muitas vezes achamos ser coincidência não passa de um aviso para que se preste atenção no significado dessa sincronia.

Catherine e Anna sabiam que a alternância de realidade poderia acontecer a qualquer momento, pois elas ainda não possuíam o controle de emergir nessas dimensões paralelas.

Notaram que o elevador continuava descendo, até que parou. A porta se abriu, e o *hall* de entrada, que antes era de um jeito, agora estava de outro, completamente modificado.

Procuraram pelo carro e pelo motorista. Mas para surpresa, quem as aguardava era um jovem de aparência marcante que se identificou como Sigur Noir.

— Sejam bem-vindas ao Emana.

Capítulo 29

Um odor campestre tomou conta da ala de reabilitação do hospital Mercy. Quem entrava no quarto de Bárbara se deslumbrava com o show de nuances florais. Dava a sensação de estar numa estufa. Buquês das mais variadas espécies de flores enfeitavam e aromatizavam o ambiente, tornando-o mais cheio de vida.

Ariel caminhava pelo corredor do hospital sentindo seu coração bater mais descompassado, pois sabia que encontraria Elizabeth e Bárbara. O que sentia por elas era algo que sempre lhe acompanhou, mesmo não as conhecendo pessoalmente, sabia que um dia ou outro o destino as colocaria em sua direção.

Bateu a porta e logo entrou, entregando à Bárbara um lindo arranjo de lírios azuis e verdes. Deslumbrada com o buquê, disse:

— Onde as comprou?

— Não as comprei, foram colhidas na estufa que tenho em casa.

— São lindas, obrigada! Engraçado... Apesar da raridade, acho que já as vi em algum lugar, e essa fragrância me parece muito, muito familiar.

Elizabeth que nunca vira lírios tão diferentes, disse:

— O que mais me chamou atenção foram os verdes, pois conseguem se distinguir das folhas da mesma cor. Nunca poderia imaginar flores com tonalidade de folhas.

Ariel sabia que os lírios verdes só poderiam ser vistos por pessoas que tivessem certa elevação mental. Ele tinha intenção, ao entregar o arranjo floral, de saber se Bárbara e Elizabeth estavam aptas a enxergar os lírios verdes.

Ele sempre gostou de assuntos relacionados à emanação de energia, não era por acaso que a IALU estava desenvolvendo o AnamE. Atraía-lhe muito o fato de poder provocar emoções nas pessoas. Seu irmão Sigur dava suporte necessário em suas dúvidas e fora por seu intermédio que aprendera tudo a respeito do assunto e também sobre os lírios verdes e azuis. Sua intenção era poder captar os sentimentos de Bárbara e Elizabeth ao mesmo tempo. Sabia que para poder captar as emoções era necessário existir um sentimento comum nas pessoas envolvidas.

Enquanto prestava atenção em Bárbara e Elizabeth, admiradas pelos lírios, lembrou-se do que Sigur havia lhe explicado a respeito de sentir algo por alguém que nunca havia conhecido fisicamente:

> *A distância não atrapalha de modo nenhum o sentir das pessoas envolvidas. Mas para tal torna-se imprescindível algo que faça a ligação entre elas, um sentimento em comum, que pode ser provocado por um sonho, uma música, uma imagem, um aroma, algo que cause êxtase na alma.*
>
> *Mesmo que não se conheçam pessoalmente, nada impede que estejam compartilhando um mesmo sentimento... o conhecer a pessoa fisicamente não interfere no fator sentir — mental, visto que, quando pensamos ou somos atraídos a pensar em algo, podemos deparar com uma atração que para muitos pode parecer sem explicação.*
>
> *Jung por intermédio da sincronicidade explica esse fenômeno, dizendo que o psíquico se manifesta de forma física (harmonia entre o que pensa e o que acontece), mostrando-se por meio de uma coincidência significativa para a pessoa que a percebeu, pois quem percebe a harmonia entre o que se passa na mente com a realidade a seu redor descobre uma nova maneira de interagir com o Universo.*

A enfermeira adentrou no quarto para dar um comprimido à Bárbara.

— Este será o último! Soube que hoje é seu último dia aqui.

— Graças a Deus e a vocês também, que me trataram maravilhosamente bem.

— Imagine, é nosso trabalho, e a senhora teve uma recuperação incrível.

A enfermeira saiu do quarto, e Ariel disse:

— Se algo mais grave acontecesse a você eu não me perdoaria.

— Foi um acidente, Ariel, e acidentes acontecem. Não se preocupe em se desculpar, aliás, sou eu quem precisa me desculpar.

— Cheguem de se desculpar. Está tudo bem! Sabemos que você, Ariel, foi um instrumento do destino para que Bárbara passasse por este obstáculo.

— Isso mesmo, Elizabeth.

— Então, para que possamos celebrar a recuperação de Bárbara, faço questão que vocês jantem comigo em minha casa.

— Convite aceito — responderam as duas.

A conversa foi interrompida pela entrada do Dr. Henry no quarto. Elizabeth não se sentia bem na presença do médico, achava que era porque o nome lhe lembrava um passado não muito bom. Mas achou melhor ficar por ali mesmo, caso Bárbara precisasse de algo.

— Então, como se sente, Bárbara?

— Ótima. Estava até comentando com Antonnio... quero dizer, um amigo, que depois desse acidente me sinto até mais revigorada.

— Que ótimo! Saiba que amanhã terá alta, por isso resolvi vir hoje para fazer alguns testes motores em você. Tudo bem?

Dr. Henry iniciou alguns exercícios de praxe para verificar o sistema motor de sua paciente. Ariel e Elizabeth assentaram-se na poltrona para não atrapalhar.

Elizabeth não sabia onde colocar as mãos de tamanha aflição, quando Ariel, num ímpeto, colocou sua mão direita sobre a dela. Sentindo-se constrangida pelo afeto inesperado de Ariel, levantou-se e foi até a janela. Bárbara percebia tudo, sabia que sua amiga estava inquieta por causa do nome do médico. Apesar de o médico ter uma aparência muito elegante e de ser um belo homem, Elizabeth não conseguia vê-lo como uma pessoa comum.

Feitos todos os testes motores, Dr. Henry disse:

— Bárbara, sua reação motora está perfeita. Olhe, em meus 25 anos de medicina nunca vi uma recuperação como a sua.

— Então não precisarei de fisioterapia?

— Por mais incrível que possa parecer, não!

— Que ótima notícia, doutor, sinto-me muito aliviado e feliz — exclamou Ariel.

— Foi você quem a trouxe para o hospital, não foi? Lembro-me de ter lhe visto no pronto-socorro.

— Sim, fui eu quem a atropelou.

— Então, meu amigo, posso lhe dizer que Bárbara está muito bem. Como ela mesma disse, está melhor do que antes. E você, como se chama mesmo? — perguntou Dr. Henry virando-se para Elizabeth.

— Elizabeth.

— Mas claro, a famosa modelo. Aferi sua pressão outro dia. Mas pelo que vejo hoje você não me parece muito bem.

Dr. Henry, foi até ela, tirou o medidor de pressão e quando foi colocá-lo em seu braço esbarrou em algo. Ao olhar o que era viu o arranjo de lírios.

— Lírios verdes!

Capítulo 30

A moça da foto deixou Kate intrigada, tinha a nítida sensação de conhecê-la. Percorreu o mundo indo até os mais remotos lugares, pode ser que nessas idas e vindas tenha cruzado com essa mulher. Será? O que mais a perturbara era o fato de que sentia algo por ela. Não estava gostando nem um pouco do que estava sentindo.

— Doutora, poderia me dizer como se chama a mulher da foto?

— Não tenho a mínima ideia! São fotos que pego na internet e uso como modelos de visualização em meus pacientes. E essa foto, em especial, chamou-me atenção pela belíssima paisagem, tão viva, repleta de cores e muito inspiradora.

— E tem algum resultado?

— Essa foto, Kate, tem algo de mágico. Sempre que a utilizo, os efeitos são incríveis e imediatos. Estranhei sua reação. Você foi a primeira em mais de dez anos que teve um sentimento contrário ao da maioria.

— Bem, nem sei como dizer. Mas essa foto também me causou um sentimento de bem-estar.

— Mas como? Se me disse que essa mulher levou sua filha?

— Não sei dizer por que. Estou confusa. Mas muito tranquila, aliás, muito mais agora depois de ter visto a foto.

Dra. Dór foi pega de surpresa com o que sua paciente acabara de lhe dizer. Talvez essa atitude da repórter fosse um meio de defesa para enfrentar dificuldades. Pensar que sua filha estaria com uma pessoa desconhecida, desde que fosse alguém por quem sentia algo de bom, poderia diminuir sua angústia.

Kate, notando que a psicóloga ficara um tanto quanto contemplativa disse:

— Está achando-me louca?

— Não! Acho que você utiliza este meio para não sofrer. Perder uma filha que nem chegou a conhecer não é nada fácil. Imagino que sua cabeça deva estar usando todos os artifícios para diminuir essa dor.

Kate não falou nada. Mas tinha certeza de que sua filha estava bem. A foto que vira lhe deu uma emoção tão forte que não pôde esconder as lágrimas.

— Não fique assim, Kate, vamos achar sua filha!

Dra. Dór não sabia que aquelas lágrimas eram de alegria. O que sentia não tinha explicação racional. Se fosse louca, então seria uma louca feliz, pois a sensação que lhe consumiu a deixou em estado de graça. Conseguia sentir sua filha ali de seu lado, mesmo não a tendo nos braços.

A mulher da foto fora a responsável por esta ligação emocional.

Kate pediu para ver a foto de novo, pois tentaria imprimir em sua mente todos os detalhes dela. Não queria correr o risco de não sentir o que a encheu de vida e alegria.

— Pode ficar com a foto se te faz bem. Depois mando fazer outra para mim.

— Muito obrigada!

Dra. Dór terminou a sessão e saiu do quarto deixando Kate, que voltou sua atenção para a foto em busca de algo que pudesse lhe despertar mais sensações. Ligou o abajur ao lado, pegou os óculos de leitura a fim de poder enxergar melhor todos os detalhes. Percorreu com os olhos atentos por todos os cantos da paisagem, até que parou novamente na bela mulher. Agora, podendo olhar com mais calma, a repórter percebeu algo que já vira antes. Mas não sabia onde. Notou que na túnica que a moça vestia havia um símbolo com uma palavra em cima. Aproximou mais a foto e pôde ler: Mosteiro Emana.

Capítulo 31

A mente de Kamilah tornou-se um labirinto de sensações. Tudo o que Faiza e Sigur haviam-lhe informado não tinha a mínima coerência. Perguntava-se como Myang não poderia enxergar a estufa se ela podia. Os lírios azuis e os verdes? Ela conseguiu enxergar os verdes e por meio deles que se confirmou um aumento de seu intelecto e percepções, e o que tem isso de bom? Várias perguntas sem respostas lhe passavam pela cabeça.

Será que ela não era normal? Por que foi testada? O que teria de mais surpreendente para saber que ainda não sabia? Sentia que não era mais a mesma. Isso a deixou completamente perdida em suas emoções, que afloravam de forma tão desorganizada que ela não sabia como controlá-las. Corria pelos gramados do Emana tentando com isso acompanhar seus pensamentos. Myang que a estava procurando a viu correndo desesperada e a seguiu em disparada.

— Kamilah! Kamilah!

Com muito esforço Myang conseguiu alcançá-la.

— Procurei-a por todo o Emana e de repente você aparece correndo feito uma louca. O que aconteceu?

— Myang, agora não é uma hora muito boa para conversarmos.

— Agora você tem hora para conversar com seus amigos? Desde ontem estou querendo lhe contar sobre o telefonema.

— O que você disse? Desde ontem? Como?

— Kamilah, estou lhe procurando há um dia. E tem outra, mocinha, você não dormiu em seu quarto. Pergunto-me onde dormiu, se estamos em um mosteiro no meio do nada.

— Espere! Você disse estar procurando-me desde ontem quando nos encontramos no corredor?

— Isso, depois daquela hora não a vi mais.

Como poderia ter ocorrido isso, se ela não ficou mais de três horas na estufa? Recordou do que havia lhe acontecido em Dubai. O hiato temporal, excesso de informação, a perda da noção do que se vive com o que se aprende.

— Myang, durante esse tempo que esteve procurando-me você viu Sigur?

— Claro, jantamos juntos ontem à noite. Não vai me dizer que passou o resto da noite com ele.

— Claro que não! Ele estava acompanhado de uma mulher alta, de olhos marcantes, muito bonita.

— Kamilah, Kamilah, não venha me dizer que agora está com ciúme de um monge. Não, ele não estava com ninguém. E que mulher seria essa, se desde que estamos aqui não entrou nenhum novo membro?

— É uma amiga, deixe para lá!

Kamilah, no intuito de não se estender mais sobre um assunto que ainda não entendia, resolveu perguntar a Myang sobre o telefonema.

— Então, conte-me sobre o telefonema.

— Você não acreditará!

— Acredito em tudo!

— Você se lembra da criança que vi correr perigo? Então, ela me ligou!

— Sei. Uma criança lhe telefonou para quê?

— Prepare-se! A criança não era mais criança. Quem me ligou foi uma mulher que por sinal você e Sigur conhecem.

— Eu?

— Sim, você mesma!

— E como pode ter certeza de que a criança que vira é a mulher? Você não tem nada que comprove isso.

— Você que pensa. Antes do telefonema recebi esta caixa do correio, repleta de álbuns de fotografia, veja.

Kamilah pegou os álbuns e foi olhando um por um. Desde o nascimento da criança até sua idade atual. Quando pegou o último álbum levou um susto tão grande que quase desmaiou. Em uma das fotos aparecia ela, Faiza e Sigur na estufa do Emana.

Capítulo 32

Ariel ficou intrigado ao ver que o médico também conseguia enxergar os lírios verdes. Saiu do Hospital Mercy pensando que talvez Dr. Henry, fizesse parte dos *Padminins*. Este foi o termo escolhido por Sigur e Faiza para denominar pessoas com capacidade mental mais elevada que o normal. Na época, Sigur explicou que *Padmini* em hindu significa possuir a flor-de-lótus — uma espécie de lírio aquático —, então nada melhor que este termo para qualificar essas pessoas.

Seguindo em seu carro pela larga avenida beira-mar, Ariel sorria confirmando que as suspeitas de seu irmão e Faiza estavam certas.

A brisa fresca entrava pela janela como se pudesse partilhar suas emoções. Deixou se levar pelo toque fresco do vento. Ligou o som, pois a música lhe dava suporte necessário para suas divagações.

Precisava resolver seu impasse emocional, Elizabeth ou Bárbara? Duas mulheres com perfis tão semelhantes que lhe atraíam de diversos modos. Se fossem diferentes, tudo bem, poderia considerar que as diferenças eram o que lhe atraía. Mas, não, as semelhanças conseguiam deixá-lo confuso.

Ainda seguindo para a IALU, viu que o céu no horizonte se mostrava fechado, era o prenúncio de uma das famosas tempestades de Dubai. O vento soprava mais forte e as nuvens deslizavam rapidamente.

Acelerou, querendo chegar à produtora antes da tempestade. Mas o céu estava cada vez mais escuro. O dia em Dubai se tornou noite. Nuvens pesadas mostravam seu poder alimentando a paisagem da cidade com raios e relâmpagos. Os trovões respondiam ao espetáculo luminoso com ruídos estrondosos.

Pingos de chuva escorriam pelo para-brisa. A tempestade boreal se instalava em Dubai.

A visibilidade era mínima. Ariel parou o carro, pois não conseguia enxergar nem um palmo a sua frente.

O vento, que mais parecia um tornado, transformava os pingos de chuva em projéteis de gelo por causa da velocidade do ar. Interessantes eram os arco-íris que se formavam mesmo com a ausência da luz solar. A natureza em Dubai mostrava sua força de forma tão extraordinária que as redes televisivas deixavam seus repórteres locais em prontidão, aguardando pelo espetáculo da tempestade boreal. Mostravam ao vivo para todos os países o que acontecia somente na Babilônia do século XXI.

O mundo parava para presenciar a exaltação divina que exibia nos céus da cidade um espetáculo para os olhos que teimavam em não acreditar que o que viam era a manifestação do que nossa mente ainda não tinha capacidade de imaginar.

Todos sabiam que após a tempestade as pessoas doentes eram curadas. Um milagre coletivo acontecia para mostrar que o pensamento é a forma mais pura do desejo humano.

Os cientistas, depois de vários anos de estudo, comprovaram que os habitantes de Dubai possuíam uma frequência tão positiva e igual de pensamento que a energia emanada era a responsável pela tempestade boreal ou, como passou a ser chamada, Espetáculo da Cura.

Os arco-íris eram a forma que a energia emanada encontrou de se apresentar miraculosamente. Um relato do Centro de Estudos da Mente (Cemente) causou muita polêmica, informando que as pesquisas realizadas confirmaram que chegavam a Dubai somente as pessoas que necessitavam expandir sua fonte psíquica de energia.

Ariel recordou de quando fora chamado para ser o presidente do Cemente. A ideia de fazer esse estudo, o qual denominou como "Os semelhantes se atraem", foi sua. Nesse projeto ele enfatizava ainda que indivíduos com uma mesma frequência de pensamentos, de uma forma ou de outra, acabavam atraindo-se.

Simultaneamente aos trovões, Ariel chegou à conclusão de que sua atração por Bárbara e Elizabeth era puramente mental, e por isso a semelhança entre elas não fazia diferença, em vez disso, esse banquete de emoções lhe proporcionava a igualdade de pensamento, de energia, que só poderia saciar-se com a sincronia do que ele sentia com o que elas poderiam lhe proporcionar: o êxtase harmônico do que se pensa com o que se sente.

Capítulo 33

Raios, relâmpagos e trovões sempre atraíram a atenção de Kate West. Desde pequena tinha fascinação por tempestades. Iniciou sua carreira como repórter climática. E agora se encontrava em recuperação no quarto de um hospital podendo assistir calmamente ao espetáculo que alguns anos atrás filmou para a rede CNN ao vivo, recebendo o prêmio de melhor reportagem sobre tempestades já feita.

Olhando a foto, pôde sentir que sua alma se completava com a da moça do retrato.

Beleza selvagem e de uma imponência fora do comum realçava ainda mais a aparência da mulher. Com traços orientais e indianos, sua presença deixava marcas de uma mistura racial bastante singular. O interessante era que Kate West também era de descendência chinesa e indiana. Uma coincidência que passou a ter significado para ela.

Com a janela aberta, a repórter sentiu a sutileza do vento frio acariciando seu rosto. As dores que antes lhe consumiam deixaram de existir dando lugar a uma sensação de bem-estar que há muito tempo não sentia. Era como se ela não tivesse sofrido nenhum dano físico.

A tempestade que provocava curas estava agindo sobre Kate West. Mas algo na foto também ocasionou uma mudança, não sabia ao certo como entendê-la, simplesmente pôde confirmar que seus pensamentos de certa forma traziam sensações nunca sentidas antes. Percebeu que ao olhar a foto pôde sentir que ela transmitia uma fragrância floral inebriante. Perguntou-se como poderia sentir um aroma vindo de uma imagem.

Sensações que eram difíceis de serem explicadas. Recordou-se da explicação que uma amiga havia-lhe dado sobre sentir o que não tem explicação. Ela disse o seguinte:

A mente humana é muito preocupada em explicar a origem de tudo, até mesmo dos sentimentos. Por que precisamos explicar, dar nomes ao que sentimos? Por que achamos que só o que tem explicação tem motivo para existir. Por isso é que muitas vezes casos amorosos são desfeitos, uma grande amizade se acaba. Entender o que não pode ser explicado com palavras ainda está além do que nossa capacidade pode conceber como uma explicação contextual. Ame por amar, sinta-se capaz de explicar a emoção, dando vazão ao que lhe consome. Mesmo se um sentimento novo lhe tocar a alma, não procure entendê-lo, apenas deixe-se levar, pois só assim saberá compreender que sentimentos não precisam ser explicados. Mas sentidos.

Kate estava tão focada em suas novas emoções que teve a sensação de que se tocasse a imagem da mulher da foto poderia senti-la. Várias perguntas passavam por sua cabeça. Mesmo tendo recordado o que sua amiga há tempos lhe disse, não pôde deixar de pensar no porquê desse sentimento repentino por essa mulher. Um sentimento tão forte que, só de ver a foto, as emoções lhe consumiam de tal maneira que se achava incapaz de apreciar corretamente esses sentimentos. Mas ao mesmo tempo se sentia abençoada pela riqueza que essa experiência estava-lhe proporcionando.

Respingos da tempestade boreal tocavam o rosto de Kate, pareciam querer sentir o que ela estava sentindo.

Quanto mais olhava a foto mais forte e real tornavam-se suas emoções.

Raios por todo o céu iluminavam Dubai. Um forte trovão fez com que Kate se lembrasse de sua filha. Caiu em si, percebendo que desde que vira a foto sua atenção ficou voltada à imagem da mulher. Como uma mãe poderia se esquecer de uma filha?

Nenhuma mãe em sã consciência conseguiria esquecer uma filha mesmo se quisesse. Ainda mais se esta estivesse sido raptada. Seus pensamentos racionais não condiziam com o que sentia. Mesmo tendo-se punido por tê-la esquecido algumas horas, seu coração estava tranquilo. Havia algo de incoerente nos sentimentos da repórter.

Sem saber como agir em relação ao que se passava em sua cabeça, achou melhor se deitar para acalmar seu coração. Fechou os olhos procurando na escuridão a resposta para seus questionamentos. Mas algo não deixava que o sono viesse lhe fazer companhia. A inquietude fez com que se levantasse da cama. Vestiu um robe e saiu do quarto. Precisava andar só, assim conseguiria colocar seus pensamentos em ordem.

Passou por diversos quartos de doentes terminais e pôde conferir que a tempestade boreal havia feito seu milagre. Os pacientes ajoelhados ao pé da cama agradeciam pela tempestade. Nunca poderia imaginar presenciar um hospital em festa.

As pessoas se abraçavam no intuito de comemorarem a volta da saúde. Kate continuou andando até que certo aroma a fez parar em frente ao quarto 33.

Outra coincidência. Ela tinha 33 anos, e depois de ter passado por diversos quartos um odor diferente a fez parar bem em frente ao quarto 33. Percebeu por debaixo da porta que a luz estava acesa. Sem pensar, bateu. Pôde ouvir uma voz dizendo que poderia entrar.

Abriu a porta e deparou com vários arranjos florais. Adentrou caminhando até a cama. Ao ver de quem era o quarto, quase morreu de susto.

— Kate West!

— E você é Bárbara, uma das integrantes da Cúpula da Sabedoria Sagrada?

— Parece que o destino nos pregou mais este encontro, não?

— Acho que sim! Estava andando pelo hospital e um aroma conhecido me fez parar aqui.

Bárbara convidou-a para se sentar. A repórter puxou uma cadeira, quando viu que os lírios verdes e azuis que apareciam na foto da mulher estavam também bem ali, em sua frente. O que a deixou mais assustada foi o fato de o aroma das flores serem o mesmo que sentira ao olhar a foto da mulher.

Capítulo 34

Assentada nas almofadas do altar Emana, Kamilah procurava entender o que estava-lhe ocorrendo. Mesmo tendo a seu redor vários incensários e várias velas capazes de proporcionar condições para uma meditação mais eficaz, não conseguia focalizar seus pensamentos de forma que obtivesse uma resposta coerente para seus questionamentos.

Faiza caminhava em direção ao altar, pois sabia que Kamilah estaria muito confusa. Essa dificuldade em assimilar conhecimentos e experiências além da realidade vivida era muito difícil. Algumas pessoas passavam a vida toda tentando entender o que na realidade sentida não tem como ser entendido, por isso muitas delas acabavam à mercê da loucura.

Enquanto seguia, Faiza parou para apreciar o aroma campestre. Para ela não havia nada mais eficiente e capaz de provocar torrentes de sensações numa pessoa do que uma fragrância para ampliar a consciência.

A construção do Padmavati* Center, um instituto voltado para o desenvolvimento de fragrâncias, estava quase no final. Faltavam apenas alguns ajustes na decoração que, para Faiza, era algo essencial. Sabia que com uma estética bem elaborada o espaço interior se tornaria uma das ligações entre o odor e o sistema límbico, área do cérebro responsável pela emoção.

Antes mesmo de ser inaugurado, o Padmavati Center já aparecia nas manchetes dos principais jornais mundiais e das revistas. Uma das revistas mais influentes de moda estampou em sua capa mensal a seguin-

* Palavra em sânscrito que significa “nascida da flor de lótus”.

te chamada: ”Estamos à beira de um marco na evolução da consciência! Sinta! Um novo aroma está no ar”.

As grandes *maisons* do mundo da moda contatavam Faiza para uma possível parceria no desenvolvimento de fragrâncias. Numa entrevista para a emissora Sky in the Arabia, Faiza disse que uma fragrância poderia seduzir tanto uma pessoa que esta seria compelida a agir de uma maneira inusitada. Era o que ela chamava de refinamento límbico.

Kamilah a viu chegando e foi logo perguntando:

— Faiza, por quê? Porque vocês estão fazendo isso comigo?

— Kamilah, você ainda não percebeu? Foi você mesma quem provocou essa mudança. Eu e Sigur estamos aqui apenas para lhe guiar nessa nova realidade.

— Mas eu não queria mudar nada, vim para o Emana para me abster do materialismo exorbitante o qual o mundo está passando e...

— Kamilah, veja a vida como um guia turístico, ela lhe mostrará vários lugares para conhecer. Mas cabe a você decidir em visitar ou não.

— O que quer dizer com isso? Por que suas respostas não possuem exatidão? Sempre cabe a mim entender do jeito que eu queira, e isso, Faiza, me deixa ainda mais confusa.

— Porque cada pessoa entende do jeito que a alma em sua essência deseja atuar. Sua consciência se tornou mais ampla e, com isso, novas emoções passarão a conviver com você, aproveite o melhor de cada uma delas, pois serão elas o leme que te levará ao que você tanto almeja.

— É tudo muito novo, sinto-me mais viva e mais confusa, não sei o que pensar.

— Aí que está, Kamilah, não pense, deixe que as sensações lhe invadam, só assim saberá aos poucos o significado de cada uma. Deixe sua mente absorta de indagações.

— E Myang?

— O que tem ela?

— Você e Sigur disseram que ela não consegue ver a estufa, os lírios verdes...

— Myang ainda está num estágio de abstinência da realidade vivida, o que quero dizer é que ela ainda não despertou para a realidade sentida.

— E quando ela despertará?

— Quando descobrir que eu sou a criança que fora raptada.

Capítulo 35

A conversa de Bárbara e Kate foi muito proveitosa. O porquê de a repórter ter informado na coletiva que era uma das duas mulheres que faltavam na Cúpula da Sabedoria Sagrada também foi esclarecido.

Kate usou esse artifício para conseguir a atenção das integrantes. O estranho era que nunca passara em sua cabeça uma coisa dessas. Mas quando adentrou a sala de convenção, uma energia lhe tomou conta e uma frase fixou-se em sua mente: "Você é uma das duas mulheres que faltam na Cúpula. É necessário que diga isso alto e bem claro, pois a vida de sua filha dependerá de sua atitude".

Uma dúvida pairava sobre suas indagações ainda sem respostas: seria essa mensagem criada por sua mente ou haveria uma conexão entre ela e a pessoa que lhe passou essa informação? Mas o que mais assombrou Kate foi o fato de ela saber que não poderia nunca ter filhos. Se não fosse pelo acidente que sofrera, não saberia que já estava grávida, e o mais assustador: que a criança já estava pronta para nascer.

Kate contou tudo para Bárbara, que achou muito interessante e intrigante o que acabava de ouvir.

A repórter disse ainda que mostraram uma foto da pessoa suspeita de sequestrar sua filha e que ao olhar a mulher sentiu uma segurança e uma alegria como nunca sentira antes.

— Kate, o que não tem explicação se torna explicável pela emoção. E toda emoção gerada dessa forma, posso lhe garantir, é real. O que nos emociona serve como um aviso de que estamos no caminho certo, mesmo sendo este errado aos olhos da maioria.

— Bárbara, você não imagina como é confortante saber que pelo menos você acredita no que estou passando. Minha psicóloga acha que estou usando isso como mecanismo de defesa.

— Como lhe falei, as pessoas hoje em dia estão tão focadas em terem sempre uma razão lógica para tudo, que mesmo tendo uma emoção é necessário que esta tenha uma razão para existir. Os sentimentos não precisam de razão para existir.

— Você está certa! Não busquei sentir o que sinto, quando olhei a mulher da foto uma emoção tomou conta de mim que até...

— ... se esqueceu do rapto de sua filha?

— Exatamente! Sinto-me envergonhada de me sentir assim, você há de convir que não é normal uma mãe esquecer sua filha.

— Não se culpe por sentir algo que a pegou desprevenida. Primeiro, você nem sabia que estava grávida, depois sofre um acidente e fica sabendo que deu à luz uma criança. Muitas informações em períodos curtos podem confundir nossa realidade alterando os sentimentos. A mente necessita de um intervalo entre o que se vive com o que se sente, e você não teve esse tempo.

A tempestade havia terminado, e a lua se mostrava no céu mais bela que nunca. Seus halos multicoloridos afirmavam por que Dubai era um lugar tão especial. O imaginário se fazia real para os olhos daqueles que achavam que os sonhos não passavam de um motivo a mais para viver.

Kate levantou-se e foi até a janela na tentativa de ver a beleza da lua, quando a foto que estava no bolso de seu robe caiu, chamando a atenção de Bárbara.

— Essa foto que caiu é da mulher que dizem ter raptado sua filha?

— Sim. Quer vê-la?

— Claro!

A repórter abaixou-se para pegá-la e a entregou para Bárbara.

— Meu Deus!

— O que houve?

— É ela... é ela!!!

Capítulo 36

A emissora Solaris deixou um recado na recepção do Grand Hyatt para Zeng, que havia marcado a entrevista de Catherine e Anna. Zeng pegou o bilhete e leu a seguinte mensagem:

Caro Zeng,

a entrevista marcada por Vossa Senhoria, para as integrantes da Cúpula da Sabedoria Sagrada, Catherine e Anna, não aconteceu. Um fato bastante curioso ocorreu: o recepcionista havia anunciado a chegada das duas que pegaram o elevador e por mais estranho que possa parecer elas não chegaram até a Solaris e também ninguém as viu saindo do prédio. E como já se passaram mais de 12 horas da hora marcada para a entrevista, achamos que algo pode ter acontecido com elas. Por favor, ao ler este entre em contato conosco.

Atenciosamente,
Hamid Zayed

Zeng, ao terminar de ler a mensagem, avisou Elizabeth, Natasha e Angella, que estavam de saída para buscar Bárbara no hospital. Acharam estranho o fato de ninguém ter sentido falta de Anna e Catherine.

Elizabeth tomou logo uma iniciativa, pegou o celular e ligou para Ariel, afinal de contas, ele era um homem poderoso nos Emirados Árabes. Pediu para que a acompanhasse até a emissora Solaris enquanto Zeng e Angella seguiriam para o Hospital Mercy.

Aguardando Ariel na recepção do hotel, Elizabeth não conseguia pensar no que poderia ter acontecido com Catherine e Anna. Algo lhe dizia que suas amigas estavam bem, pois quando algo de ruim acontecia com uma das integrantes da Cúpula uma sensação de mal-estar era sentida por todas. Mas seria essa também a explicação para que não sentissem falta das duas amigas?

Pensativa, buscava alguma resposta no azul do céu, que se mostrava ainda mais brilhante depois da tempestade da noite passada, quando avistou Ariel chegando.

Sempre muito elegante e cavalheiro, abriu a porta do carro para ela, e seguiram para a Avenida Sheikh Zayed, onde ficava o escritório da Solaris.

Ariel contou a ela sobre a sensação que tinha ao andar pela Avenida Sheikh Zayed. Disse que bem antes de conhecer a bela avenida sonhava com ela quase todas as noites. E todas vezes acordava com uma sensação de bem-estar que lhe acompanhava durante o percorrer do dia. Depois de alguns anos, quando a conheceu, pôde sentir uma energia fluir em seu corpo, e foi a partir desse dia que percebeu um aumento significativo em suas percepções. Estudou sobre a construção da avenida e descobriu que uma grande concentração de energia era emanada de Sheikh Zayed.

Disse isso para Elizabeth, porque suspeitava que o acontecido com Catherine e Anna poderia ser decorrente do fenômeno que ali acontecia com certas pessoas, denominado como *D In D* (desaparecidos em Dubai). Mostrou a ela uma pasta que continha informações sobre o caso *D In D*.

Elizabeth pegou a pasta repleta de papéis, anotações, e a primeira folha que viu foi um recorte de jornal com a seguinte manchete: "Agências de inteligência enviam seus melhores agentes na tentativa de resolver o mistério dos desaparecidos em Dubai".

Era um assunto bastante intrigante, e à medida que lia mais curiosa em saber o que acontecia na Avenida Sheikh Zayed ficava.

Ariel notou que a atenção de Elizabeth estava voltada para o que acabara de dizer. Ele tinha certeza de que o assunto a deixaria intrigada, pois existia uma ligação muito forte entre as pessoas que viam lírios verdes e o caso *D In D*. Ele e Sigur ainda não sabiam ao certo o porquê desses dois assuntos estarem intimamente conectados, ligando certas pessoas a uma mesma experiência e a mesmas sensações. A única certeza que tinham era que uma nova forma de viver, por meio de uma realidade criada pela mente, abria-se mostrando um mundo novo repleto de emoções e plenitude.

Geralmente essas pessoas emanavam energias captadas por outras que estão em uma mesma onda perceptiva. Muitas delas confundiam esse fenômeno como um problema de saúde, procuravam ajuda médica em busca de respostas para esses novos sintomas que apareciam em forma de sensações. Esse foi um dos motivos que fizeram Ariel, Sigur e Faiza a criarem o Cemente.

Seguindo pela larga e inspiradora Sheikh Zayed, Ariel abriu as janelas do carro, pois gostava de sentir como o vento se descolava. Era como se o ar pudesse alar seus pensamentos, elevando, assim, suas emoções. Tudo o que sentia se tornava mais latente, proporcionando-lhe uma percepção aflorada e precisa de sensações conflitantes as quais precisava resolver.

Elizabeth, ainda com sua atenção voltada para o artigo de jornal com data de um ano atrás, viu algo que a deixou muito perplexa. No último parágrafo tinha uma observação com a seguinte nota: "Duas integrantes da Cúpula da Sabedoria Sagrada, Anna e Catherine, descobrem o Emana".

Capítulo 37

Borboletas vermelhas, joaninhas verdes e beija-flores amarelos conseguiam chamar a atenção de todos voando por entre os jardins do Emana. Todo dia durante a manhã eles surgiam, dando um espetáculo visual. Pareciam reverenciar as flores e as plantas, era a famosa dança dos pequenos alados que começava. Ficavam pelo Emana geralmente por uma hora, só que naquela manhã algo inusitado aconteceu. Já se passavam quatros horas desde que chegaram e continuavam brincando entre si. Algo de especial estaria para acontecer, pois do contrário eles já teriam partido.

Uma manhã mágica, repleta de borrões coloridos esparramados pelo céu que mais pareciam aquarelas desenhadas à mão. Não tinha uma só pessoa no Emana que não conseguia ver a bela obra projetada na imensidão azul. À medida que os rabiscos ganhavam continuação podia-se ver uma forma meio geográfica sendo formada. E a cada novo risco ouviam-se murmúrios das pessoas tentando adivinhar o que poderia ser.

A maioria das pessoas acertou, pois o que acabava de se revelar diante dos olhos ansiosos era uma belíssima flor-de-lótus esverdeada. Até os pequenos alados pareciam saber o que se mostrava no céu, pois começaram a voar mais alto iniciando a formação de uma palavra. Todos boquiabertos, pois nunca haviam presenciado algo tão esplendoroso, a ponto de muitos não acreditarem no que os olhos estavam vendo. Uma exaltação divina tomava conta do Emana.

As joaninhas verdes, como não conseguiam voar tão alto como as borboletas e os beija-flores, faziam fila, uma atrás da outra formando pontos de reticências, enquanto a palavra era harmoniosamente formada por seus companheiros alados.

Sigur e Faiza observavam ao espetáculo da varanda. Viam que Kamilah e Myang se encontravam lá nos jardins com os demais hóspedes. As duas amigas estavam extasiadas com o que viam. Era como se estivessem entrado em um livro de contos de fadas. Uma sensação de presenciar algo que não poderiam conceber um dia como real se apresentava na forma mais divina que poderia existir.

Os pequenos alados, depois de alguns instantes zigue-zagueando de um lado para o outro pelo céu, finalmente mostraram por que haviam ficado por tanto tempo. Bem abaixo da flor-de-lótus surgiu a seguinte mensagem:

Bem-vindos ao Emana

Alguns de vocês ainda não acreditam no que está diante dos olhos, por simples receio de ser uma mera fantasia.

Queremos apenas deixar marcado em forma de sentimento, porque sabemos o que cada um aqui está sentindo, pois tiveram o privilégio de participar dessa epopeia. Se aqui estão, é porque foram capazes de superar a própria realidade, e agora vivem num paraíso real elaborado pela mente, onde o que importa é tão somente o que as emoções tentam dizer em forma de sensações. Sensações que lhe farão ampliar sua consciência para algo que não existe palavra capaz de explicar. Mas que quando sentirem, saberão do que estamos falando.

Sigur e Faiza

Capítulo 38

Aquela foto, quantas sensações provocara em Bárbara. Kate West ao lhe mostrar a foto provocou uma ampliação dos sentimentos de Bárbara, o que há muito tempo não acontecia.

Ainda pensativa, recordou-se da última vez que tivera uma sensação muito parecida com esta. Foi há mais de dez anos, na Índia, mais precisamente nos templos de Prambanan.

Os três templos, Vishnu, Brahma e Shiva, a tríade mais conhecida como Trimurti, que faziam parte de uma crença hindu, enchiam os olhos com um banquete arquitetônico. Sua grandiosidade era tanta, que mesmo estando de frente para essas belas construções muitos duvidavam que pudessem ter sido obra humana.

Bárbara estava na Índia para visitar um casal amigo, quando lhe convidaram a ver uma dança que acontecia todo fim de ano em Prambanan. Era um evento organizado por Kael, amigo de Bárbara, dono de uma cadeia de hotéis no Oriente Médio. Ele sabia que Bárbara gostava dos costumes hindus, então era previsto que aceitaria seu convite.

Entardecia. A luz do sol se pondo dava um toque especial sobre os templos. Um aroma floral exprimia uma magia requintada no cenário, já repleto de pessoas que haviam sido previamente convidadas.

Kael e Allegra, como eram os anfitriões, deixaram Bárbara num ambiente reservado para eles juntamente a Eleonora, uma empresária, proprietária dos famosos Pranas, retiros e pousadas voltados para a cura por intermédio da energização.

Foi a partir desse encontro que Bárbara passou a conhecer e a desfrutar do conforto e dos serviços dos retiros Pranas. Eleonora convidou-a para uma semana de relaxamento e energização no Prana das Bahamas. A pousada ocupava grande parte da ilha Eleutheria e, em todas as épocas do ano, vivia repleta de hóspedes.

No retiro, as refeições eram servidas três vezes ao dia. Não se podia chamar de dieta, e, sim, de uma desintoxicação alimentar. Os médicos que trabalham no Prana, juntamente aos nutricionistas, elaboravam os afamados cardápios, EE *(eat energy)*, com base em verduras, legumes, frutas e frutos do mar. Os alimentos eram colhidos na hora da refeição, assim os hóspedes poderiam ingeri-los repletos de energia.

Bárbara encantou-se com o local. As suítes com temas esotéricos eram previamente escolhidas depois que os hóspedes passassem por um teste. Nesse teste era verificada qual a cor e a música preferida do visitante, dentre outros critérios de empatia. O que mais lhe chamou a atenção fora uma técnica que aprendera numa aula de visualização criativa. Nessa aula, os hóspedes eram instruídos a se imaginar no local indicado pelas imagens mostradas em um mural. A sensação tinha de ser tão real a ponto de se esquecerem de onde estavam. Era necessário sentir o vento, o aroma, as nuances, tudo o que retratava a foto teria de ser repassado e impresso na mente.

Visualizando as imagens do mural, Bárbara foi atraída por uma paisagem que parecia refletir as cores de tudo o que estava ao redor. Várias pessoas olhavam para o céu, somente duas mulheres olhavam para outra direção, era como se estivessem olhando para ela.

Foi uma sensação estranha. Mas conhecida, dois paradoxos provocando várias emoções e reflexões em Bárbara. Olhou mais de perto as duas mulheres, tinha certeza de que já as conhecia. O rosto de uma delas era mais familiar do que o da outra.

Quanto mais fixava sua atenção na imagem, mais se tornava real, como se as mulheres estivessem lá também.

O toque do telefone fez com que Bárbara voltasse para o presente. Eram Natasha e Angella comunicando que estavam subindo. Aproveitou os poucos minutos ainda sozinha e voltou para suas recordações no Prana. Algo lhe falava que a mulher da foto de Kate West estava em suas recordações, mais precisamente na imagem que vira no Prana. As duas fotos tiradas em épocas diferentes poderiam ter uma mesma relação.

Resolveu esboçar o rosto do qual se lembrava mais, e em poucos instantes desenhou um perfil feminino. Pegou a cópia da foto que Kate West lhe deixara e colocou ao lado de seu esboço. Para sua surpresa a mulher era a mesma nas duas fotos. O porquê de ter se recordado do Prana quando a repórter lhe mostrou a foto foi entendido. A imagem no mural possibilitou a criação de uma ponte entre o que ela sentiu ao vê-la com o que ainda estaria para ver.

Bateram na porta, eram Natasha e Angella que adentravam no quarto.

— Então, pronta para deixar o hospital?

— Não vejo a hora. Vamos?

Saíram do quarto e pegaram o elevador. Enquanto desciam, puderam conferir no visor algumas propagandas e informações turísticas sobre Dubai. Uma das propagandas chamou a atenção das três amigas. Padmavati Center, um instituto criado por Faiza para desenvolvimento de fragrâncias. Na primeira tomada, aparecia a infraestrutura do instituto. Logo em seguida, Faiza explicava a importância de se desenvolverem aromas voltados para a ampliação dos sentidos humanos.

Bárbara teve uma surpresa ao ver que a mulher das fotos era aquela diante de seus olhos, proprietária do famoso Padmavati Center. Teve a mesma sensação de estar sendo olhada. O que a deixou mais perplexa fora o nome dado por Faiza para sua linha especial de fragrâncias, ela dizia:

> *Causar impacto requer um nome capaz de exprimir o poder de uma fragrância. Algo além do corpo que seja também sentido pela alma.*
>
> *Que dê mais amplitude a nossa energia vital, Prana foi a denominação escolhida para nossa linha exclusiva de fragrâncias elaboradas com extratos de lírios verdes.*

O que acabara de ouvir fez com que aumentasse sua curiosidade em conhecê-la pessoalmente. Muitas evidências em uma só pessoa não poderiam ser apenas coincidências rotineiras. Faiza poderia ter colocado qualquer outro nome em sua linha exclusiva. Mas escolher Prana foi como se estivesse confirmando a sincronicidade entre Bárbara e ela.

Capítulo 39

O edifício onde ficava o escritório da emissora Solaris chamava atenção de todos que entravam nele em virtude de sua arquitetura minimalista. Um ambiente leve e livre de mistura, arrojado, sem excessos de objetos e móveis, onde os espaços vazios eram preenchidos pelo jogo de luz que tornava o *hall* de entrada muito acolhedor.

Ariel e Elizabeth andavam em direção ao elevador, mesmo depois de achar interessante o que dizia o jornal, informando que Anna e Catherine haviam descoberto o Emana, ela achou que precisava fazer o caminho das amigas, e para isso o elevador passou a ser a chave desse mistério, visto que entraram nele e não foram mais vistas.

À medida que subia, Elizabeth passou a sentir um frio incomum. Como se a baixa temperatura pudesse lhe avisar de algo que estaria para acontecer.

O projeto AnamE, desenvolvido por Melina e Ariel, que passava no visor de tela líquida do elevador, conseguiu sua atenção. O comercial mostrava o poder de interação com o usuário. Por meio de sensores ligados ao dedo indicador as emoções eram transmitidas para o sistema, fazendo que o filme se mostrasse do jeito sentido por ele.

— Então, o que achou?

— Ariel, tenho certeza que será um sucesso e causará um furor no mundo da sétima arte.

O elevador com vista panorâmica continuava a subir. Ariel estava cada vez mais confuso em relação ao que sentia por Elizabeth e Bárbara, por isso decidiu fazer o piloto do filme para os testes do AnamE com base em suas emoções.

Elizabeth e Ariel assistiam aos demais comerciais, quando a luz do elevador apagou, fazendo-o parar. Como era todo de vidro, puderam ver tudo o que acontecia do lado de fora. Só que as pessoas de fora não conseguiam vê-los. Não sabiam em que andar o elevador havia parado. Mas perceberam que estavam numa altura elevada por causa da paisagem que parecia menor.

Dava a nítida sensação de que do lado de fora a vida continuava. E ali naquele espaço, não muito grande, Ariel e Elizabeth aguardavam a retomada de suas vidas, esperando que o elevador voltasse a funcionar.

Enquanto esperavam, Ariel voltou-se para Elizabeth e disse:

— Nunca gostei muito de lugares fechados. Mas este aqui subiu em meu conceito.

— O que quer dizer com isso?

— Sua companhia me faz esquecer minhas fobias, tristezas...

— Vou entender o que disse como um elogio.

Ariel não conseguia tirar os olhos dela. Lembrou-se do que Sigur uma vez lhe disse a respeito da beleza: "A beleza traz consigo uma responsabilidade muito grande para com os outros, pois o que seduz os olhos encanta a alma".

Elizabeth tinha uma beleza natural e elegante devida ao seu porte de modelo. Mas a sensibilidade e a inteligência eram os atributos que mais atraíam. Seus desejos a cada encontro ficavam mais latentes, e como estavam bem próximos em razão do pouco espaço do elevador, pôde sentir o perfume tomando conta de si, era como se a fragrância tivesse um poder a mais sobre seus anseios. Aproximou-se olhando-a nos olhos e, quando foi beijá-la, o elevador voltou a funcionar. Parecia que o destino estava com o propósito firme de atrapalhar a realização de seus anseios.

Elizabeth notou que Ariel havia ficado sem graça e achou melhor dizer algo:

— Que bom que arrumaram rapidamente.

— Parece-me que agora estamos descendo.

O visor mostrava que estavam descendo pelo 18º andar. Um fato estranho, pois o escritório ficava no 23º, nem chegaram ao destino e o elevador já estava descendo. No 8º andar o elevador parou, abrindo as portas, e para a surpresa de Ariel e Elizabeth quem entrou foi Catherine e Anna.

Capítulo 40

Depois da apresentação dos pequenos alados, Kamilah e Myang seguiram para o altar Emana. Sentiram necessidade de agradecer o que acabaram de presenciar. Foi um espetáculo tão divino que achavam não merecer assistir algo tão primoroso. Tinham certeza de que se contassem para alguém o que viram, este não acreditaria. Até mesmo elas ainda estavam na dúvida se foi real.

Assentaram-se na posição de iogue e iniciaram a meditação da gratidão. Os incensários que ficavam acesos 24 horas por dia emanavam uma fragrância já conhecida por Kamilah: lírios azuis. Myang, que ainda não conhecia, sentiu-se muito atraída pelo aroma, o que favoreceu uma amplitude em suas emoções.

Deixaram se levar pela essência floral e, à medida que inspiravam, mais se tornavam imersas na realidade sentida. Desligavam-se da realidade vivida, entrando em outra repleta de sensações.

Faiza e Sigur como sempre as observavam de longe. Sabiam que as duas amigas haviam alcançado o tempo certo para a revelação.

Os incensários pareciam saber que a hora havia chegado, e a fumaça se intensificou formando uma bruma mística em volta de Kamilah e Myang. Cada vez mais imersas, aproximavam-se da verdadeira realidade, aquela que responderia todas as dúvidas que carregavam.

Myang, que antes não conseguia ver a estufa onde se encontravam os lírios verdes, já conseguia vislumbrá-la. Foi como se pudesse acordar para dentro.

A brisa que antes se fazia presente apenas balançando alguns fios de cabelo de Kamilah aumentou mostrando que a natureza estava presente para o que aconteceria. Os galhos das árvores dançavam com o movimento harmônico do vento. As borboletas e os beija-flores apareceram, voando de encontro às duas amigas. Vários arco-íris davam um toque divino ao céu azul e repleto de estrelas cadentes que apareciam no Emana nos momentos especiais. O sol com seu brilho irradiava a luz necessária, não deixando que as estrelas ficassem em segundo plano.

Sigur e Faiza desceram da varanda indo ao encontro das duas que acabavam de abrir os olhos e presenciar o que acontecia ao redor. Myang pôde finalmente ver a estufa, se assustou, pois há mais de dois anos no Emana nunca a havia visto. Correu em sua direção e ao abrir a porta seus olhos não acreditavam no que viam: os lírios verdes. As lágrimas escorriam pelo rosto de Myang, pois recordou do que sua avó lhe disse antes de morrer: "Minha filha, não fique triste, a vovó está doente e você sabe que não passarei desta noite. Mas quero que saiba que o dia em que descobrir os lírios verdes estará descobrindo um caminho onde sempre que quiser poderá me encontrar".

Capítulo 41

Dentro do carro, Bárbara pôde sentir como era inexplicável a sensação de estar de volta à realidade. Sua vida fora interrompida durante o tempo que passou no hospital. Mas agora se sentia mais cheia de energia, como dizia o mestre: "A vida passa a ser mágica quando nossa fonte vital ultrapassa as barreiras da mente tornando o que pensamos em realidade".

Ela sentia como se lhe tivessem injetado um composto energético nas veias. Poderia correr a maratona dos cem dias e ainda ter disposição para dar a volta ao mundo.

Enquanto seguiam para o hotel, Angella e Natasha contaram a ela sobre o desaparecimento de Anna e Catherine, disseram também que Elizabeth e Ariel foram em busca de informações sobre elas. Após ouvir o que lhe informaram, Bárbara não sentiu nenhum tipo de sensação ruim sobre o desaparecimento, era o sentimento comum a toda a Cúpula, o que indicava que onde é que estivessem, Anna e Catherine estariam bem.

Zeng estacionou o carro em frente a entrada principal. Bárbara, Angella e Natasha entraram no hotel. Pegaram a chave da suíte com o recepcionista que entregou também três envelopes. Nos envelopes um selo azul os lacrava com um símbolo muito exótico, eram lírios estilizados em alto relevo.

Dentro de cada envelope havia uma amostra da famosa essência de lírio verde da linha exclusiva Prana e o seguinte convite:

Faiza Hallem Aleck
Convida-lhe para a inauguração do Padmavati Center.
Faz-se necessário o uso desta fragrância.
Traje: Túnica verde

Escrito num papel vegetal com a marca d'água de um lírio, o convite informava que durante a inauguração seria mostrado o piloto de um filme da produtora IALU, chamado Emanar.

Bárbara estava ansiosa em conhecê-la por causa das coincidências entre elas, sabia que algo de extraordinário estaria para acontecer nesse evento. Talvez o verdadeiro intuito do Congresso Mundial de Sincronicidade e Espiritualidade fosse o encontro que aconteceria mais tarde no Padmavati Center.

Entrou na suíte, e um buquê de lírios azuis e verdes destoava da decoração. Sobre a mesa, ela pegou o arranjo de flores e leu o cartão.

Bárbara,
como não tenho palavras que mereçam o que me faz sentir, deixo estas flores apenas como demonstração do que sinto.
Ariel Noir

Ela já havia percebido também o interesse de Ariel por Elizabeth. Engraçado como a maioria dos homens gostavam das duas de uma forma tão intensa e uniforme que às vezes não sabiam como lidar com o que sentiam. O mestre Nassum Dharma dizia que a semelhança entre elas poderia ser explicada simplesmente pelo fato de que possuíam uma mesma alma. Enfatizava que não eram almas gêmeas. Mas uma única alma dividida em dois corpos.

Olhando para o buquê que exalava um aroma inebriante, desligou-se do que estava a sua volta, deixando seus pensamentos tomarem o rumo que desejassem. Abriu a torneira da banheira, colocou uma música que pudesse dar o suporte necessário para suas divagações, e entrou no banho de imersão. Ao fechar os olhos, sua atenção se fixou na música e na fragrância dos lírios. Várias imagens se passavam em sua cabeça e com elas várias sensações. Faiza era o rosto que mais aparecia, juntamente a três pessoas, duas mulheres e um homem. Bárbara percebeu que já os conhecia sem nunca tê-los encontrado. Sentia a presença deles de forma sutil. Mas arrebatadora. Seus olhos se encheram de lágrimas, como se tivesse os reencontrando depois de um longo tempo. Um reencontro que mesmo vivido em sua mente não significava que não fosse real. Os sentimentos eram mais reais do que sua própria existência o que ocasionava o derramar de uma saudade guardada há muito tempo.

A música de fundo se tornou cúmplice do que se passava com Bárbara. Imersa em seus pensamentos, percebia que neles podia viver uma experiência única, onde seus sentimentos serviam de leme, indicando caminhos para sublimes sensações.

Faiza e aquelas outras três pessoas se tornaram parte de seu pensamento. Várias cenas se formavam em sua mente, um jardim repleto de borboletas e beija-flores voando de um lado para outro, vários arco-íris surgiam num céu estrelado, e sob eles perto de uma estufa de lírios ela pôde ver novamente Faiza, com as duas mulheres que agora apareciam com mais detalhes. Uma loira de cabelos cumpridos e outra com traços orientais, o homem não estava naquele cenário. Estranho, pois mesmo não as tendo visto pessoalmente sentiu que já as conhecia. O mestre dizia que emanamos o que sentimos, com isso recebemos em forma física o sentimento personificado. Quanto mais forte for o sentimento, mais real será a forma em que aparece fisicamente.

O aroma dos lírios parecia confabular com seus anseios. A nostalgia de uma saudade já adormecida se fazia presente deixando-a à mercê de sentimentos que foram reacendidos ao rever aquelas pessoas em sua mente.

Uma realidade que somente ela tinha acesso. Memórias, recordações, sentimentos arraigados na alma que traziam heranças de várias vidas, poderiam ter conexão direta com cada uma dessas pessoas. Tinha consciência de que as imagens e cenas que surgiam do nada em sua mente provinham de frequências idênticas de pensamentos intimamente interligados.

Imersa em sua realidade, Bárbara foi despertada pelo tocar insistente do telefone. Saiu da banheira, colocou o robe e quando foi atender já não havia ninguém na linha. Ao colocá-lo de volta viu o relógio que marcava sete horas. Passaram-se mais de nove horas desde que adentrou na banheira. O tempo não existia na realidade sentida, por isso Bárbara se perdeu ao voltar para a realidade vivida. Tinha apenas uma hora para se arrumar, pois a inauguração do Padmavati Center teria início às oito.

Ela que sempre gostou de túnicas, parece ter adivinhado que precisaria usar sua predileta, a túnica verde escura. Olhando o espelho do banheiro, amarrou o cabelo com um rabo, vestiu a túnica, deixando o capuz cobrir a cabeça. Pegou a amostra da fragrância que recebera com o convite e borrifou sobre a pele. Ainda olhando pelo espelho se assustou ao ver que a imagem ali refletida era dela. Mas em outro lugar. Uma placa de madeira foi vista atrás de seu reflexo onde se podia ler: Bem-vinda ao Emana!

Capítulo 42

Diante do espelho da suíte, Elizabeth se aprontava para a inauguração do Padmavati Center. Lembrava-se do que ocorreu a pouco com ela e Ariel. Não conseguia entender ao certo o que acontecera no elevador. Encontraram Anna e Catherine. Mas esse encontro ocorreu somente na mente de todos. Percebeu que somente eles conseguiam ver as duas, e a recíproca se mantinha, pois Anna e Catherine conversaram com Elizabeth e Ariel. Disseram que descobriram o Emana e que gostariam de ficar onde estavam, aprendendo sobre essa nova realidade de sensações que se apresentavam diante delas.

Foi um encontro além do corpo. Mas que nem por isso deixou de ser real.

Olhando para túnica que vestia, Elizabeth sentia que o evento de logo viria repleto de novos significados.

Seu reflexo no espelho lhe fez lembrar do que Ariel havia lhe dito: "Você e Bárbara são como espelhos, possuem tamanho e formas variadas. Mas a imagem refletida é a mesma. Não se pode separar a imagem de seu reflexo, por isso não sei como lidar com essa ambiguidade de sentimentos".

Seus sentimentos a respeito de Ariel estavam mais claros, mesmo sabendo que ele se dividira entre ela e Bárbara, sua sinceridade era algo que a atraía muito.

A túnica verde lhe deu uma aparência etérea, recordou-se de um desfile onde participou em forma de holograma colocada no meio da passarela, o que causou lágrimas de emoção pela beleza de algo que não tinha como tocar, somente sentir.

O relógio já marcava oito horas quando o telefone tocou. Recebeu o aviso de que suas amigas a aguardavam no *hall* do hotel. Elizabeth pegou o elevador e, enquanto descia, dava os últimos retoques em sua maquiagem. O elevador parou no 8º andar, a porta se abriu e Kate West entrou também de túnica verde.

— Como você está, Kate?

— Estou ótima, e você?

— Bem, pelo que vejo também vai para a inauguração do Padmavati Center.

— Entregaram-me o convite há pouco, para ser sincera não sei por que fui convidada.

— Como não sabe? Você é uma repórter famosa.

— Mas ainda assim acho estranho ter sido convidada para um evento desses, meu tema jornalístico é outro. Conheço Faiza de nome. Mas nunca a vi nem em foto.

— Não seja por isso!

Elizabeth retirou de sua bolsa um folder que Ariel havia-lhe entregado a respeito do Cemente e o mostrou para Kate, que ao ver a foto de Faiza teve a sensação de que desmaiaria.

— O que houve Kate? Está sentindo-se bem?

— Foi só uma tontura. Você tem certeza que esta mulher é Faiza Allem Halleck?

— Claro que sim!

— Elizabeth, esta foto é da mulher que a polícia suspeita ter sequestrado minha filha.

Capítulo 43

Rajadas de *laser* azul e verde destoavam-se no céu estrelado de Dubai. Um balão dourado com o *slogan* "Use e Flutue" sobrevoava a orla marítima, divulgando a inauguração do Padmavati Center. O mais extraordinário era o fato de que por onde este passava deixava uma fragrância inebriante de lírio verde no ar. Todos que passavam pela avenida beira-mar paravam para admirar o que se passava nos céus da Babilônia do século XXI.

O evento que fora divulgado durante toda a semana seria na ilha artificial Flor-de-Lótus, construída única e exclusivamente para a instalação do Padmavati Center.

Os convidados dispunham de dois meios de locomoção para chegar até a ilha, por meio de balões do próprio instituto ou por barcas, que os aguardavam na marina.

O movimento já era intenso. Ariel foi um dos primeiros a chegar, pois precisava testar o AnamE. Melina, que o acompanhava, ficou deslumbrada pela beleza e pela imponência do Padmavati Center. O AnamE foi instalado no salão de convenção, pois por ser um projeto de custo muito alto, Faiza e Ariel acharam melhor demonstrá-lo em local fechado. Todas as 350 poltronas já estavam com o dispositivo para ser colocado no dedo indicador. A expectativa era tamanha que Melina não conseguia se acalmar, andava de um lado para outro como se com isso pudesse diminuir sua ansiedade.

Vozes cantando de longe emocionavam quem estava na redondeza. Um dos balões do instituto trazia o famoso grupo de cantoras líricas, As Vestais. Faiza era alucinada por uma das músicas que as Vestais cantavam e achou que seria apropriada a presença do grupo na inauguração. O aroma acompanhado de um coral angelical poderia causar coquetéis de sensações capazes de incitar o sistema límbico. Era o que Faiza tinha em mente para a inauguração de logo mais.

Tudo foi programado nos mínimos detalhes. A iluminação fora feita para dar a sensação de estarem adentrando uma bruma. Faiza contratou um decorador especializado em preencher espaços somente com luzes. A decoração contava com um jogo de luz em todo o Padmavati Center, e as cores principais eram verde e azul.

Na entrada do instituto, não havia nenhum tipo de segurança, somente um portal ligado a um computador que checaria se o convidado estava usando a fragrância de lírio verde enviada com o convite. Com isso, só poderiam entrar para a inauguração quem recebera a fragrância, caso contrário, o portal de vidro não permitiria o acesso. Mas em Dubai nunca acontecia de pessoas não convidadas tentarem entrar nas festas. Era uma cidade-exemplo para o resto do mundo. Faiza costumava dizer que Dubai fora criada para que nós, meros humanos, pudéssemos ter o privilégio de conhecer o "lado de lá" antes de estar nele. Essa frase criou polêmica nos demais países, pois diziam que Faiza estava usando meios religiosos para atrair mais investimento. Mas ela não se preocupava com o que falavam. Mas, sim, com as pessoas que não conseguiam perceber a maravilha de uma cidade onde a energia emanada era o que a tornava única no mundo. Se os outros países praticassem o que acontecia ali, com certeza o planeta seria um bulevar de paraísos.

Foi com essa temática, de bulevar paradisíaco, que a inauguração fora planejada. O bem-estar dos convidados era o principal, pois a energia emanada seria o meio pelo qual as pessoas que estariam ali teriam acesso a realidade sentida. Até mesmo o *buffet* estava em harmonia com o que aconteceria logo mais. No cardápio somente sucos, chás, saladas das mais variadas, sem nenhum tipo de carne, somente vegetais faziam parte do cardápio, da *chef* Yanla Haruck, conhecida por trabalhar com seus assistentes sempre em estado de meditação. Yanla dizia que todo alimento teria de ser feito com boas energias para que as pessoas pudessem apreciar não somente o sabor mas também o que este causa após ser ingerido.

Uma vez a *chef* recusou participar de um evento, pois ela e seus assistentes não conseguiam manter a meditação durante o preparo da comida.

Faiza havia pensado em tudo, somente uma coisa a deixava preocupada, um de seus convidados. Ela reencontraria uma pessoa muito importante em sua vida, e por mais estranho que possa parecer, pela primeira vez se sentia ansiosa por este encontro. Não sabia ainda a melhor maneira de abordá-la, se pelo nome ou por mãe.

Capítulo 44

Os testes do filme-piloto que foram feitos no AnamE confirmaram que o sistema estava pronto para sua primeira demonstração. O roteiro elaborado por Ariel usava personagens fictícios que abordavam sua ambiguidade de sentimentos em relação a Bárbara e Elisabeth. Admirando a beleza da noite, que se tornava mais deslumbrante pela energia, pelo aroma e pela decoração do Padmavati Center, Ariel esperava que os convidados pudessem lhe auxiliar quanto à incógnita de dois amores sentidos de uma mesma maneira. Apesar de ser um homem com experiências sobre relacionamento a dois, ele nunca havia passado por uma situação na qual se encontravam duas mulheres e um só amor.

Melina, sócia de Ariel, ficou mais tranquila depois dos testes feitos no AnamE. Sabia do que se tratava o roteiro de Ariel e sentiu uma ponta de ciúme, pois sabia que o homem retratado como Ravi era ele, e as duas mulheres, denominadas como Bellas, a deixaram curiosa, pois não tinha a menor ideia de quem poderiam ser. Em frente ao salão de convenção, Melina escolhia o melhor local para disponibilizar os cartazes do piloto intitulado *Emanar*, que fora desenvolvido em um material especial, para que os hologramas em forma de elos pudessem ser vistos com nitidez.

Os convidados passavam pelo portal de verificação de fragrância, abismados com tamanha tecnologia. Um sistema capaz de confirmar a presença de um aroma específico na pele de cada pessoa era de fato algo surpreendente.

Logo após o portal, podia-se ver um painel de cartazes estampados com um frasco do perfume Miss Green Lilies, do tamanho de uma pessoa sobre o topo da montanha, onde duas mulheres trajadas de vestes romanas olhavam através dele, visualizando outra realidade. Kamilah e Myang foram as escolhidas de Faiza para a campanha anual da linha Prana.

Os painéis não chamavam atenção somente por exibirem as duas belas amigas num cenário divino. Mas também por exalarem fragrâncias de lírios verdes e azuis. Uma surpresa aguardava quem os tocasse, pois mudariam de cor exibindo a seguinte mensagem: Bem-vindo ao Emana!

Esses painéis sensitivos foram colocados no o intuito de testar as convidadas que ainda não haviam chegado, as integrantes da Cúpula da Sabedoria Sagrada. Faiza sabia que somente elas seriam atraídas a tocá-los.

Nos jardins os tocheiros com chamas em tons de verde e azul emanavam aromas de lírios dando ao ambiente a luz e a fragrância na media certa.

Sobre o palco que mais tarde aconteceria a apresentação das Vestais estavam artistas circenses que de olhos fechados conseguiam transitar de um lado para outro sob a corda bamba suspensa no ar.

Os convidados ficaram atentos aos saltos dos equilibristas. Não entendiam como uma pessoa poderia ter o senso do equilíbrio estando de olhos vendados, ainda mais saltando de um lado para o outro no ar.

Os garçons, trajados de túnicas romanas da cor da pele, serviam um dos famosos coquetéis místicos da *chef* Yanla, denominado *Wake-Up In Paradise*, feito de suco de abacaxi com raspas de gengibre e menta. O sabor causava um despertar na pessoa, como se ela estivesse com a energia de quem acabava de acordar. As veias eram dilatadas de modo que uma grande quantidade sanguínea poderia percorrer mais rapidamente o corpo, aumentando, assim, a adrenalina.

Era servido somente durante a noite, pois, ao ser ingerido, a pessoa sentia um calor suave, capaz de deixar o corpo aquecido nas noites frias de Dubai.

Kamilah e Myang chegaram de balão, causando *frisson* na entrada do Padmavati Center. Revistas de circulação internacional estamparam em suas capas as duas amigas numa estufa de lírios verdes e azuis, de modo que Kamilah e Myang se tornaram conhecidas da noite para o dia.

Seguiram para um local reservado, onde dariam entrevista para vários repórteres que ali estavam.

Trajadas com longas túnicas romanas elas passavam uma sensação tão divina que um dos jornalistas não se conteve com o que sentiu ao estar perto delas, e perguntou:

— A sensação que me passaram foi tão sublime que preciso fazer uma pergunta meio estranha, posso?

— Claro — respondeu com um sorriso Kamilah.

— Vamos lá! — exclamou Myang.

— Vocês são humanas. Mas demasiadamente divinas. Um paradoxo de difícil entendimento para os céticos como eu. Como é ser humana e passar algo tão divino? Desculpem-me. Mas até para formular a pergunta é meio complexo. Mas vou tentar novamente.

O repórter não encontrava palavras para sua pergunta. Kamilah percebendo que o rapaz não tinha noção do que perguntava, questionou:

— Sendo cético como pode saber o que é divino?

Todos ficaram em silêncio. Esta era uma pergunta que fazia sentido e que deixou o jornalista completamente sem graça.

Kamilah voltou-se novamente para o rapaz e disse:

— Não foi minha intenção deixá-lo sem graça. Mas, sim, fazê-lo refletir.

— Kamilah, sua presença e de Myang conseguiu me tirar o raciocínio. Posso dizer que talvez possa estar me encontrando com um lado no qual, como disse, nunca pensei existir. Mas agora me sinto atraído em descobrir o que não consigo explicar.

Kamilah deu um beijo no rosto do repórter e disse:

— Basta você querer!

Kate West chegou acompanhada pelo médico que a operou, Dr. Henry. Uma simpatia se desenvolveu entre os dois durante o período de recuperação da repórter.

Dr. Henry, um italiano radicado há poucos anos em Dubai, era especializado em cirurgias da coluna. Por ter reconhecimento mundial de casos que pareciam sem solução, fora apelidado pela imprensa como *Lord of Spine*, um rótulo que ele não gostava, em razão da responsabilidade envolvida. Referiam-se a ele como um ser divino, e isso o deixava com uma obrigação muito grande, pois qualquer deslize em suas operações poderia ser seu fim.

Henry e Kate passaram o portal de verificação e seguiram pelos corredores do Padmavati Center, que mais pareciam varandas de um mosteiro. Os painéis convidavam Kate a vê-los mais de perto. As cores e a paisagem lhe atraíram de tal modo que podia-se ver dentro deles.

— Dá vontade de tocá-los — disse Henry, observando a fascinação de Kate.

— Então, você também sente o mesmo que eu. É curioso como uma imagem pode trazer consigo uma sensação de...

— Vida?

— Exatamente isso, Henry. Sabe, sinto que se tocá-los poderei ter acesso a este cenário. Não é estranho?

— De forma alguma. O ser humano tem uma mania tão humana de achar que tudo o que é estranho em nossa realidade deixa de ser real, que às vezes o que está diante de seus olhos passa em vão pelo simples fato de que nós pensamos racionalmente sobre o que achamos estranho, não fazendo o que sentimos.

Henry pegou as mãos de Kate e disse:

— Seu nome traz um anagrama muito interessante e que combina com este momento.

— E qual é?

— *Take*, que significa pegue. Kate, pegue este momento! — exclamou Henry, sorrindo.

O que lhe foi dito pareceu acionar algo em sua cabeça, várias indagações lhe vieram à mente. O sumiço de sua filha *(Take Kate's Daugther)*, o acidente *(Try to take Kate's Life)*. Estaria ficando louca ao pensar sobre esses acontecimentos que batiam com o anagrama de seu nome? Por que Henry disse isso agora, por que outra pessoa não poderia ter lhe dito isso há uma semana, assim, nada do que ocorreu haveria acontecido.

— Porque não teria o significado que tem agora. Kate, não existe tempo mais apropriado do que o agora. Às vezes nos perguntamos: "Mas por que agora?". O agora é a hora certa para aprendermos o que não pode ser antecipado.

— Como você sabe o que eu estava pensando?

— Por que sou uma realidade a qual você pediu que existisse. No momento em que sofreu o acidente, seu agora lhe trouxe o que mais precisava.

— Você está querendo dizer que eu lhe criei?

— No sentido figurado, sim. Mas o que quero dizer é que quando desejamos algo com muito fervor, esse algo se transforma em realidade. Pensamento é pura energia e não requer palavras para se tornar real. Você atraiu o próprio acidente para que pudesse conhecer o que mais desejava inconscientemente. O inconsciente age de maneira que conscientemente não sabemos.

— Mas foi nesse acidente que sequestraram minha filha. Dei à luz mesmo não sabendo que estava grávida. Como posso ter desejado isso, Henry?

— Por que foram todos esses eventos intimamente ligados que lhe trouxeram para o agora. Digo, este momento. Agora você se encontra pronta para entender o que ainda não tinha explicação. E esse entendimento só foi possível pelos obstáculos que criou e superou.

— E por que ainda não encontrei minha filha? Pois isso é o que mais desejo agora.

— Você já a encontrou. Mas não se deu conta disso, pois não deixou que seus sentimentos lhe guiassem, mais uma vez deu atenção à razão.

Kate, deixe eu lhe explicar algo, sua mente parou em uma realidade sentida justamente por ser tão racional, porém sua realidade vivida continuou. É preciso harmonizar as duas realidades em um só tempo.

As mais esperadas da noite chegaram numa gôndola atracando na marina da ilha. Bárbara, Elizabeth, Natasha e Angella atravessaram o portal e depararam com os painéis.

As quatro integrantes da Cúpula da Sabedoria Sagrada estavam prestes a descobrir por que foram atraídas para Dubai. O Congresso Mundial de Sincronicidade e Espiritualidade foi na realidade a alavanca para o desencadeamento de eventos os quais seriam os verdadeiros responsáveis pela vinda das integrantes.

Envolvidas emocionalmente pelo que as imagens transmitiam, puderam conferir que algo as atraía de maneira recíproca, como se aquele cenário também pudesse sentir o que sentiam. Perguntavam-se de onde conheciam aquele lugar e as duas mulheres de feições familiares.

Bárbara se lembrou de seu reflexo no espelho, onde o lugar era o mesmo que agora estava diante de seus olhos. Uma sincronicidade repleta de significados que lhe pediam em forma de sensações que tocasse os painéis. As quatro amigas envoltas numa mesma frequência de sensações tocaram os painéis e se deslumbraram com as nuances de cores que mudavam, mostrando um novo cenário onde surgiam Anna e Catherine, que pareciam olhar para elas também.

Durante alguns segundos puderam rever as duas amigas de uma maneira que se tornou real por meio dos sentimentos desencadeados. Como se não tivesse outra realidade a espera, deixaram-se envolver pelo que sentiam. Na realidade sentida, as emoções e os pensamentos serviam como meio de comunicação.

Faiza, que observava tudo de longe, confirmava o que já sabia, o reencontro com Anna e Catherine ajudaria a compreender que o único motivo delas estarem em Dubai era porque somente ali poderiam estar simultaneamente em dois locais. Agora só faltava o encontro com Kamilah e Myang, as verdadeiras responsáveis por essa nova realidade.

Faiza seguia com Kamilah e Myang, quando Kate West a viu de longe.

Quando Faiza percebeu que a repórter estava em sua direção era tarde. Kate já estava a seu lado.

— Faiza Halleck?

— Sim, e você presumo que seja a famosa repórter Kate West.

— Não tão famosa como você. Seria muito inconveniente se eu pedisse para termos uma conversa em particular?

Faiza sabia que uma hora essa conversa aconteceria. Pediu, então, que Kamilah e Myang levassem Dr. Henry para a mesa que já estava reservada para ele enquanto seguiria com Kate até sua sala.

A sala de Faiza ficava no segundo andar, toda panorâmica, com uma vista espetacular de Dubai. Dava para ver por inteiro o famoso hotel Burj Al Arab e toda orla da Jumaira Drive.

Fragrâncias de lírios tornavam o ambiente muito agradável e acolhedor. Um quadro da flor *Hymenocallis* (*Spider Lily*), ou mais conhecida como Lírio-Aranha, por possuir pétalas em forma de tentáculos que se sobressaiam debaixo de outras pétalas, chamou atenção de Kate.

— Muito interessante este quadro!

— Desde pequena sempre gostei de lírios, e esta espécie só é encontrada nessa região e em algumas partes da Índia. O arquiteto da Burj Dubai se baseou nessa flor para a construção da torre mais alta do mundo.

— Engraçado, eu também sempre fui uma aficionada por lírios, acho que temos uma coisa em comum.

O monitor que ocupava uma parede inteira mostrava o desenvolvimento *just in time* das fragrâncias e também do laboratório de aromas, era por ele que Faiza mantinha sua administração sob controle.

— Por favor, esteja à vontade — disse Faiza indicando uma cadeira.

— Sua sala é magnífica, passa muita tranquilidade.

— Costumo deixar os ambientes nos quais passo a maior parte do tempo de um modo como se estivessem em minha casa. Assim, diminuímos o estresse que por ventura surja mantendo a energia sempre em harmonia. Mas, diga-me, sobre o que deseja falar?

Faiza sabia muito bem qual era o assunto. Mas queria sentir o que as energias da repórter emanariam ao falar a respeito.

— Você sabe que sofri um acidente?

— Sinto muito!

— Tudo bem! Só que antes de operar dei à luz uma filha, o curioso é que nem sabia dessa gravidez e nem cheguei a conhecê-la, pois a sequestraram.

A repórter calou-se como se o que acabara de dizer tornasse mais real o fato de estar em frente da suspeita em sequestrar sua filha. O mais estranho era o fato de que sentia algo muito forte por Faiza. Sua presença a tranquilizava de tal modo que já ia esquecendo-se tudo o que lhe tinha acontecido.

— Desculpe-me. Mas sua presença me invade de sensações as quais não sei explicar.

— Por favor, Kate, não precisa se explicar.

— Voltando ao assunto, o motivo dessa minha conversa é que a polícia suspeita que você tenha sequestrado minha filha.

Como fazer uma pessoa entender que a foto que vira não era realmente o que nela estava. A foto que mostraram para Kate West era de outra mulher. Mas sua mente imprimiu uma emoção que estava em seu inconsciente, fazendo com que a repórter enxergasse Faiza.

Faiza levantou-se e foi até a mesa, abriu uma pasta de couro e pegou um recorte do jornal no qual mostrava a foto da suspeita de sequestrar a filha da repórter na manchete principal.

— Veja este recorte de jornal.

Kate leu a notícia, olhou a foto e estranhou, pois a mulher que estava ali não foi a mesma que a polícia lhe mostrara. Levantou-se e começou a andar pela sala no intuito de clarear a confusão em seus pensamentos.

— Não estou entendendo, Faiza, a mulher dessa manchete não é você. Será que esta é uma segunda suspeita?

Faiza não se pronunciou e deixou que Kate pensasse sozinha, assim conseguiria entender o que na realidade se passou há 33 anos.

Leu novamente e pôde confirmar que não tinha segunda suspeita, aquela que ali estava era a única, assim como a polícia lhe havia dito. Passou sua mão por entre os cabelos, olhou para a vista panorâmica e disse:

— Não compreendo! Como pude lhe ver na foto que me mostraram?

— Kate, às vezes o que vemos com os olhos não é o mesmo que vemos com a mente.

— O que quer dizer com isso? Que eu quis lhe ver?

— Inconscientemente, sim.

— Mas como, se eu não lhe conhecia? Como pude lhe criar em meu inconsciente?

— Você não me criou. Minha feição já fazia parte de suas emoções, com isso, ao ver a foto, naquela situação de perda, seu inconsciente projetou o que sentia.

Kate não sabia o que pensar a respeito do que acabara de ouvir. Mas o que a deixava mais intrigada foi o fato de Faiza saber explicar tudo como se estivesse esperando por esse encontro.

Faiza sentia que a energia da repórter conseguia ampliar seus sentimentos, isso faria com que ela entendesse o que ainda estava confuso. Somente as emoções ali canalizadas explicariam o que não podia ser dito por palavras.

Por alguns instantes o silêncio se fez presente. Kate, ainda com o recorte de jornal na mão, lia novamente. Andava em círculos pela sala, quando de repente notou um fato que a deixou completamente assustada.

— Meu Deus, este jornal foi publicado há 33 anos. Faiza, como podem ter errado a data de um jornal? Como repórter sei que esse tipo de erro pode acabar com a empresa que o editou.

— A data está correta.

— Como?

— A criança que teve, hoje já é uma mulher com 33 anos. O acidente que sofreu foi o meio pelo qual o destino se fez presente para que você conseguisse chegar ao que vive agora.

— Espere aí. Você está querendo me dizer que pulei 33 anos de minha vida e ainda esqueci que tinha uma filha que hoje é uma mulher?

— Você sofreu um hiato temporal, e o único jeito de lhe trazer para esta realidade foi por meio do acidente, o que provocou uma reação em sua mente trazendo à tona emoções que estavam guardadas durante todos esses anos.

— E como me explica o fato do Dr. Henry me avisar antes de operar que eu estava grávida, visto que o acidente pelo que entendi ocorreu nessa realidade?

— Existem pessoas que possuem facilidade de ir e vir. Imergindo em outras realidades com muita facilidade. Essas pessoas geralmente possuem uma frequência de pensamento, energia e de consciência bem elevados. Dr. Henry se fez presente em sua realidade sentida lhe transmitindo o que já sabia. Mas que ainda não vivia.

— Seja mais clara, por favor.

Faiza explicou citando um exemplo prático, o de pessoas que meditam. Essas pessoas conseguem viver na meditação uma realidade interior que é despertada pelo silêncio da mente. Nessa realidade há uma frequência de energia capaz de unir outras pessoas que estejam no mesmo nível, provocando emoções capazes de mostrar o que não conseguimos ver apenas com os olhos. Mas há também uma realidade que pode ser despertada por uma simples foto, uma música, uma fragrância, isso depende do nível evolucional que se encontra a consciência da pessoa envolvida. Informou, também, que os *déjà-vus* podem também ser considerados *flashes* de realidades alternativas.

O silêncio novamente voltou a reinar a sala que agora estava inundada pela fragrância de lírios. Faiza ansiava pela pergunta ainda não feita por Kate. Foi para perto dela, e disse:

— Deve ser difícil para você assimilar isso tudo, não?

— Um pouco. Mas ainda não entendo por que a vi na foto e não a minha filha?

Ao fazer essa pergunta, suas emoções lhe responderam com sensações já vividas ali mesmo. Sem precisar mais da resposta, virou-se para Faiza e disse:

— Você é minha filha!

شهؤىثسسث

Ariel e Melina já se encontravam na sala de conferência onde seria apresentado o piloto Emanar do projeto AnamE. Os convidados entravam e tomavam seus lugares que já estavam previamente reservados. Ariel reservou os melhores lugares para Bárbara, Elizabeth e suas amigas.

Quando as viu entrando, seu coração tornou-se um instrumento descompassado de tanta emoção. Aquelas duas mulheres se tornaram uma incógnita com relação ao que sentia. Pretendia, por intermédio do AnamE, resolver esse impasse sentimental. Foi até elas, e as encaminhou para seus devidos lugares.

— Então, Ariel, muito ansioso?

— Um projeto como este... não tem como não ficar. A IALU será a pioneira.

— O título *Emanar* me parece muito interessante e o roteiro mais ainda. De onde veio a ideia?

— Elizabeth, se eu responder talvez possa atrapalhar o que venham a sentir durante a sessão.

— Ariel, diga-me uma coisa, Faiza, a proprietária do instituto, está aqui?

— Claro, Bárbara. Um minuto que vou chamá-la.

Ariel caminhou até Faiza que estava sentada com Kate West — sua mãe —, Kamilah, Myang e Dr. Henry. Mas Melina o interrompeu dizendo que já estava tudo pronto para o início da sessão.

As luzes se apagaram, os convidados colocaram os sensores nos dedos. O AnamE ativou todos, catalogando-os em seu sistema, e foi iniciada a sessão.

A música de Natacha Atlas e Jean Michael Jarre, *C'est La Vie*, iniciou a abertura do Emanar, que mostrava dois vultos femininos caminhando por um deserto durante a noite. Por onde passavam emanavam energias de acordo com o que sentiam. E às vezes esses dois vultos se tornavam um.

A história começa com Ravi, um executivo árabe que sai pelo deserto em busca de um oásis de sensações. Deixou para trás o luxo e o conforto para se embrenhar numa jornada que somente ele poderia fazer. Durante o dia, o brilho do sol era tão forte que só conseguia caminhar de cabeça baixa. Seguindo pelas areias escaldantes do deserto, pôde sentir a presença de alguém. Levantou a cabeça procurando o que sua sensação lhe fez sentir. Mas não viu nada a seu redor. Continuou sua caminhada tendo certeza de que seu destino não estaria muito longe. A noite veio repleta de mistérios, o sol que antes machucava os olhos cedeu lugar à lua e às estrelas, que serviam como compressas suaves ao serem vistas sem causarem incômodo. O vento frio cortava o silêncio da noite com assobios intermináveis. Ravi seguia adiante, quando avistou um oásis. Caminhou mais rapidamente e, quando chegou, seus olhos foram atraídos para dois vultos femininos que dançavam dentro de uma tenda.

Seu coração começou a bater no ritmo da música que ali tocava. As duas mulheres dançavam de um modo que parecia chamá-lo para o encontro delas. Aproximou-se da tenda e percebeu que elas estavam sozinhas. Dançavam como se estivessem em comunhão com algo.

Ravi precisava vê-las de perto. Pela fenda se deslumbrou com o modo que as duas mulheres trajadas de túnicas brancas dançavam, modo este que às vezes parecia ser apenas um corpo.

A tenda recendia a ópio, o aroma do incenso participava do ritual hindu de encontro aos dois corpos que se contorciam tentando acompanhar o movimento da fumaça inebriante.

Ravi entrou na tenda, e as duas mulheres o puxaram para participar da dança. Ali, entre as Bellas, como as denominou, Ravi teve certeza de que tudo o que viveu teve um propósito: estar com aquelas mulheres que mal conhecia e já amava. O agora era a hora certa para suas incertezas.

Passaram quase a noite inteira naquela euforia até que o cansaço tomou conta dos corpos já fadados a um descanso. Deitaram-se nas almofadas de veludo vermelho onde ele pôde ver com maior clareza a beleza das duas mulheres. Seu amor era imensamente igual em relação a ambas. Eram as semelhanças que as completavam.

Uma tempestade de areia balançava a tenda. Mas os três estavam em um sono tão profundo que nem se deram conta do que acontecia do lado de fora.

Ao acordar, Ravi foi pego de surpresa, pois as Bellas foram apenas uma miragem de seu sonho.

Ao terminar o piloto que durou não mais que 40 minutos, todos aplaudiram. Os sensores já haviam sido retirados e os resultados que Ariel tanto aguardava logo seria entregue em suas mãos. As emanações dos convidados lhe dariam uma direção a tomar em relação ao que sentia por Elizabeth e Bárbara.

Na sala de projeção, juntamente a Saleeb, o profissional contratado para manusear o AnamE, Ariel pôde finalmente conferir as emanações do público. A impressora soltava os boletins mostrando o índice de emoções.

Para surpresa de Ariel, os papéis não traziam nenhum tipo de emanação, porém, quando algo assim acontecia, o sistema trazia respostas que poderiam ajudar a entender o que poderia ter acontecido. Ainda com os papéis nas mãos, ele leu a seguinte mensagem: "As emoções emanadas estão além da compreensão humana, isso acontece quando se ultrapassa o limite das sensações carnais que só podem ser confirmadas num plano além do corpo".

O palco estava pronto para a apresentação das cantoras líricas Vestais. Candelabros contornavam todo o palco, deixando um espaço ao centro para as deusas da música. Os tocheiros do jardim foram apagados evidenciando ainda mais o espetáculo de emoções traduzidos em canção que estaria para acontecer.

Faiza, que havia trocado de roupa, trajava uma túnica verde com nuances azuis, deixou seus cabelos negros soltos, andou até o microfone no centro do palco, iniciando a apresentação.

— Boa noite e obrigada pela presença. O Padmavati Center foi criado no intuito de proporcionar às pessoas novas sensações por meio das fragrâncias. Ao escolherem um perfume, as pessoas são compelidas a comprarem aquele capaz de desencadear sensações prazerosas. Imaginem uma bela torta de chocolate coberta de camadas de chocolate, pois bem, não conseguimos saber como está seu recheio. Mas pelo cheiro e pela aparência podemos sentir o gosto mesmo antes de ter provado. É dessa maneira que uma fragrância age em cada um de nós, como se com aquele aroma pudéssemos personificar nossas emoções. O refinamento límbico nos traz uma gama imensa de emoções lapidadas que serão responsáveis por um desencadeamento de várias sensações de bem-estar e autoestima. Sabemos que aquele aroma poderá, sim, atrair o que queremos. O Padmavati pretende também com os cursos que serão ministrados de aromaterapia e desenvolvimento de fragrâncias instruir pessoas a descobrir os lírios verdes, um mundo que já existe dentro de cada um de nós, porém poucos conseguem vivenciá-lo. O despertar para essa nova realidade será proporcionado por meio das fragrâncias.

Bárbara, vendo Faiza bem ali em sua frente, pronunciando-se a respeito do Padmavati Center, sentiu que algo em sua mente fora acionado, trazendo brumas de sensações e imagens que passavam como um filme acelerado em sua mente. Aquela túnica, os trejeitos das mãos, os cabelos que balançavam com o vento, a voz rouca e meiga, o aroma de lírios no ar e as palavras ditas confirmavam que já vivera aquele momento em outro tempo. Pensou na foto que vira no mural do retiro Prana. Será que seu inconsciente a estava preparando para este momento, o agora? Lembrou-se do mestre Nassum que dizia: "O agora é o melhor momento para o presente".

Mas não foi somente Bárbara que teve momentos reprisados, Elizabeth, Natasha e Angella também sentiram já terem vivido o que se passava ali.

Faiza terminou seu agradecimento apresentando Kamilah e Myang, as responsáveis pelo desenvolvimento de extratos de lírios verdes. As duas amigas vieram ao palco trajadas como ela. Duas belezas diferentes que atraíam a atenção dos convidados de maneira mágica. Era como se elas estivessem ali em forma holográfica, causando uma sensação etérea de que, se fossem tocadas, as mãos de quem as tocou poderia transpassar seus corpos.

Kamilah pegou o microfone, foi para mais perto dos convidados e disse:

— Boa noite! É com muita satisfação e alegria que lhes recebemos. A criação de fragrâncias nunca me passou pela cabeça. Há alguns anos minha função era outra completamente diferente da que pratico hoje. Posso dizer que me sinto uma alquimista das fragrâncias, e foi por intermédio dos aromas que me descobri. Fui descoberta do que me encobria, como se tivessem tirado uma venda de meus olhos. Nossas fragrâncias têm o único intuito: dar asas às pessoas. Como nosso *slogan* diz: "Use e Flutue". É exatamente isso que desejamos a nossos clientes.

Myang apareceu no palco e caminhou na direção de Kamilah, que terminava seu pronunciamento.

O que antes era um palco tornou-se um lugar completamente diferente. As integrantes da Cúpula da Sabedoria Sagrada se viram num jardim repleto de flores, com uma estufa de lírios que ficava em frente a um belíssimo mosteiro. Um monge de aparência marcante estava ao lado de Catherine, Anna, Kamilah, Myang e Faiza, que pareciam estar esperando por elas.

O mais estranho foi estarem em outro lugar e ao mesmo tempo também ali, no Padmavati Center. Podiam ouvir Kamilah e Myang anunciando As Vestais, que entraram cantando *Welcome to Emana*, o que sincronizava com o que estava diante delas em outra realidade. Em frente ao mosteiro, uma placa em madeira rústica saudava os que chegavam com a frase: *Welcome to Emana.*

Duas realidades se apresentavam para as integrantes da Cúpula da Sabedoria Sagrada.

Perceberam que com Kamilah, Myang e Faiza completavam-se nove mulheres e não oito, como relatara a Teoria Elle. O monge que também se encontrava naquela realidade de sensações tinha uma feição conhecida e não era por acaso que ele estava presente.

Deixaram que as sensações lhe pudessem trazer algum significado além da extraordinária coincidência da música das Vestais com a placa de boas-vindas do Emana.

Foram até eles passando entre borboletas e beija-flores que pareciam conduzi-las.

— Sejam bem-vindas ao Emana! — disse o monge Sigur Noir.

Aquela voz inconfundível era do Mestre Nassum Dharma, só que com uma aparência muito mais jovem.

— Mestre Nassum? — perguntou Bárbara, querendo confirmar.

— Acho que não preciso responder, pois a sensação que tiveram já responde — disse Sigur, sorrindo.

— Sejam bem-vindas! Estas são Kamilah e Myang, as duas mulheres que vão completar a Cúpula — informou Faiza.

Não precisava de cumprimentos formais, pois o que sentiam era comungado por todos.

— Foram as coincidências que nos trouxeram até aqui. Tudo começou com uma simples foto no retiro Prana — respondeu Bárbara.

— Você se refere a esta foto aqui? — mostrou-a Faiza.

— Essa mesmo! E essas outras duas mulheres que eu achava conhecer são Kamilah e Myang — respondeu Bárbara.

— Exatamente, minha cara. Na época em que viu essa foto sua consciência entrou na mesma frequência de Faiza, pois Kamilah e Myang ainda não estavam preparadas para entrar no nível de pensamento de vocês duas — explicou Sigur.

Faiza e Sigur explicaram que o Emana era uma realidade criada por Kamilah e Myang. A energia das duas proporcionava realidades paralelas. Disseram também que a presença deles foi preciso para manter o equilíbrio, a energia do Emana, e o principal: doutriná-las para que pudessem alcançar uma elevação mental capaz de trazer vocês até aqui por meio das sincronias. Faiza enfatizou informando que, mesmo que Bárbara não seguisse as sincronias, Kate West seria o elo entre as duas que faltavam com Kamilah e Myang, até mesmo o nome da repórter já daria uma pista enorme: Anagrama – *Take West* (pegue o oeste).

Sigur complementou relatando a visão que Myang teve ao emanar energias de suas mãos para uma mulher grávida que na realidade era *Kate West*. Ela vira que a criança concebida correria perigo. O perigo foi um modo simbólico que a consciência lhe apresentou em forma de alerta. Mas que ela interpretou literalmente. Na verdade o que vira significava trazer *(take-Kate)* a criança que era Faiza para sua realidade mental.

Caminharam em direção à estufa de lírios, conversando e apreciando o belo entardecer.

— Foi aqui que descobrimos realmente o Emana — informou Kamilah, referindo-se a ela e Myang.

Entraram na estufa onde se encontravam os lírios verdes e azuis, seguiram pelo corredor floral, quando Bárbara e Elizabeth tiveram uma surpresa:

— Ariel! — exclamou Elizabeth.

— Por isso me presenteou com lírios verdes no hospital — continuou Bárbara.

— Foi um teste para saber se estavam na mesma frequência que eu — respondeu ele.

— Acho que estamos! — disse Elizabeth.

Ariel pegou a mão de Elizabeth e a levou rapidamente para o outro lado da estufa, quando disse:

— Não deixe que ela vá para lá, Elizabeth.

— Bárbara, cuidado! — gritou Elizabeth

Por um triz o carro na orla marítima de Dubai não atropela Bárbara.